不殺の剣

神道無念流 練兵館1

牧 秀彦

時代小説

二見時代小説文庫

目次

第一章　内弟子志願　7
第二章　不殺の剣　92
第三章　蜀江錦《しょっこうにしき》の袴　163
第四章　凱風快晴　226

不《ふ》殺《さつ》の剣――神道無念流 練兵館 1

第一章　内弟子志願

一

歓之助《かんのすけ》は足払いで勝負を決めることにした。

得意の突きを出そうにも、一向に埒《らち》が明かない。

身長が違い過ぎるため、狙いを定めにくいのだ。

偉丈夫の歓之助に対し、相手の身の丈《たけ》は五尺（約一五〇センチ）足らず。胴はもとより面《めん》と小手《こて》も用いずに、破れ袴《ばかま》の裾を舞わせて機敏に動き回っている。

小柄なだけに敏捷《びんしょう》で、竹刀《しない》の捌《さば》きも巧みだった。

突いても駄目ならば打ち倒さんと、上段から一撃しても通じない。右に左に跳んで躱《かわ》すばかりでなく、正面切って打撃を受け止める力強さを兼ね備えていたからだ。

（こやつ、思った以上に手強《てごわ》いぞ……）

歓之助は胸の内で呟《つぶや》いた。

相手が防具の着用を拒んだため、こちらも素面素小手《すめんすごて》である。

条件は同じはずなのに、先程から翻弄《ほんろう》されてばかりいるのが口惜しい。腹立たしい限りだが自分より場数《ばかず》を踏んだ、手練《てだれ》と認めざるを得なかった。

しかし、どんなに身軽であっても、床板から足を離すわけにはいかないだろう。

剣術では、左の足を軸として体《たい》を捌く。

その体格の違いを利し、後ろに踏み締めた軸足まで一気に刈ってしまえば、逃れる事は叶わぬはず。

体勢さえ崩してしまえば、こっちのものだ。

機を逃さずに間合《まあ》いを詰め、渾身《こんしん》の一撃をお見舞いすれば片は付く。

不心得者と見なしたからには、何としてでも懲《こ》らしめてやらねばなるまい――。

(何時《いつ》までも図に乗らせせはせぬ。思い知らせてくれようぞ！)

合わせた竹刀を押し返しざま、歓之助は左足を叩き付けた。

次の瞬間、足刀《そくとう》が空を切る。

相手が歓之助の出方を察し、その場で高々と跳び上がったのだ。

足払いを避けるだけのために、飛翔したわけではない。

跳躍すれば身長の差を瞬時に縮め、上段から打ち込む事が可能となる。

相手も歓之助と同様に、一気呵成《いっきかせい》に勝負を決める積もりでいたのである。

踏みとどまった頭上から、唸りを上げて竹刀が振り下ろされる。

奇策を用いながらも、柄《つか》を握った手の内は正確そのもの。学び修めた流派は違えど神道無念流《しんとうむねんりゅう》の教えに相通じる、伸びやかにして力強い打ち込みだ。

打ち合う音が稽古場じゅうに響き渡る。歓之助が咄嗟《とっさ》に受け止めたのは厳しい父の指導の下、少年の頃から積み重ねて来た修練の賜物《たまもの》だった。

だが、若いながらも年季が入っているのは相手も同じ。

深追いせずに跳び退り、サッと竹刀を構え直す。

再び激しい打ち合いが始まった。

（おのれ、猪口才《ちょこざい》な！）

歓之助は懸命に竹刀を交えながら、ぎりっと奥歯を噛み締める。

（いま一度、諸足《もろあし》を刈ってやる！　次こそは外さぬぞっ）

父と兄が留守の間に、不覚を取るわけにはいかなかった。

当年取って十七歳の歓之助は、ここ麹町《こうじまち》三番町の九段坂上《くだんざかうえ》に練兵館《れんぺいかん》を構える、斎《さい》藤弥九郎《とうやくろう》の三男坊だ。

父の弥九郎は神道無念流の道統を受け継ぐ一方、韮山《にらやま》代官の江川太郎左衛門英龍《えがわたろうざえもんひでたつ》に仕える身のため何かと御用繁多で、昨日から外出したまま。兄の新太郎《しんたろう》は武者修行の旅に出ており、しばらく江戸には戻れない。

二人が居ない間に勝負に敗《やぶ》れたと噂が立てば、流派の看板に傷が付く。

何としてでも、打ち倒すのだ。

「ヤーッ！」

眦《まなじり》を決して挑みかかる歓之助を迎え撃つ、相手の動きは冷静そのもの。

小兵《こひょう》ながら侮《あなど》り難《がた》い、試合剣術の巧者であった。


その若者が練兵館に現れたのは、小半刻《こはんとき》前のことだった。

身の丈こそ五尺に満たないものの肩幅が広く、猪首《いくび》でがっちりした体付き。手足も太く逞しく、頼もしい外見をしているが、褒められた事ばかりではなかった。

「お稽古中に申し訳ない。ご当流に入門をお願い致したく、参上つかまつった」

訥々《とつとつ》と告げる口調こそ礼儀正しいが、身なりは襤褸《らんる》に等しかった。

継ぎはぎだらけで垢《あか》じみた木綿《もめん》の着物と野袴に、日焼けした手甲脚絆《てっこうきゃはん》。

いずれも水に潜らせ過ぎて、染めが落ちてしまっている。

荷物は腰に巻き付けた、小さな風呂敷包みがひとつきり。敷居を跨《また》ぐ前に脱いだ編笠《あみがさ》はあちこち破れ、ほとんど原形をとどめていない。

ぼろ着をまとっていることは、当人も自覚の上であるらしい。

「お見苦しゅうて申し訳ござらぬが、長旅の末の事なればご容赦くだされ。是非とも斎藤先生にお目もじ致したく、伏してお願い申し上ぐる」

汗にまみれた道着姿で見返す歓之助に、若者は深々と頭を下げる。伸び放題のぱさつく髪を元結《もとゆい》ではなく、ちぎれた草鞋《わらじ》の紐《ひも》で束ねていた。

それでも大小の刀はきっちりと、閂《かんぬき》にして帯びている。

みすぼらしい身なりと違って、隅々まで手入れがされていた。菱巻《ひしまき》の隙間から覗く鮫皮《さめかわ》は掃除が行き届き、目貫《めぬき》にも縁金《ふちがね》にも、錆《さび》ひとつ浮いていない。

（良き心がけだな。この様子ならば、父上のお眼鏡《めがね》にも適《かな》うだろう）

胸の内で呟くと、歓之助は笑顔で問いかけた。

「間小次郎《はざまこじろう》殿と申されたな。お幾つになられるのか」

「当年取って二十にござる」

「されば、俺より三つ上……これは失礼つかまつった」

歓之助は膝を揃え直した。

「して間殿、生国《しょうごく》は何処《いずこ》にござるか。ご推挙なされた方の御姓名も、お伺い致そう」

笑みを絶やす事なく問うたのは、親しみと期待を覚えていればこそだった。

このところ、歓之助は毎日の稽古が物足りない。

年上の門人たちに敬遠され、まともに相手をしてもらえずにいるからだ。

成長して身の丈が伸び、体格も逞しくなった歓之助が突きの一手を得意とするようになってからは尚《なお》の事で、陰では「鬼歓《おにかん》」などと呼んで、恐れているらしい。

かといって、若い門人に相手をさせるわけにもいくまい。

父の弥九郎が神道無念流の道統を受け継ぎ、九段坂下の俎板橋《まないたばし》を渡った先に道場を開いて来年で二十年。歓之助が稽古を始めたのは坂上の麴町に移ってからだが、今や練兵館の評判は江戸市中に鳴り響き、北辰一刀流《ほくしんいっとうりゅう》を創始した千葉周作《ちばしゅうさく》が神田《かんだ》お玉《たま》が池《いけ》に構える、玄武《げんぶ》館と人気を二分する程だった。

そのため入門を望む者も数多いが、幾ら所帯が大きくなろうと、新しい門人を大事にする配慮は欠かせぬもの。

稽古が厳しい事で知られる練兵館とはいえ、歓之助の我が儘《まま》で無理を強《し》いては気の毒であるし、新規に入って来る者では最初から相手にならない。当節の若い武士たちは直参《じきさん》も陪臣《ばいしん》も貧弱な者ばかりのため、いちから鍛錬《たんれん》させる必要があった。

その点、間小次郎は申し分なく鍛え上げられている。

渡りに船で来てくれたと思えば、愛想が良くなるのも当然の事。

身なりが少々みすぼらしくても、身許さえしっかりしていれば入門させるのに障《さわ》りは無いし、入門を願い出る際の常識として、弥九郎か新太郎と交誼《こうぎ》を結んだ者の紹介状を持参しているはずである。万が一にも弥九郎が難色を示した時は、自分が口添えをしてやってもいい——。

ところが歓之助の期待に反し、小次郎は思わぬ事を言い出した。

「いや、その儀ばかりはご勘弁いただこう」

「えっ」

「それがしは故あって脱藩した身でな、藩姓名を明かすわけには参らぬのだ」

「何を言うておられるのか。身許が確かでない者を父上……いや、先生に会わせる事は叶わぬぞ」

歓之助がムッとしたのも無理はない。

愛想を良くした途端《とたん》、急に口調が砕けたのも腹が立った。

剣術の稽古場は、誰彼構わず出入りを許される場所とは違う。

まして、練兵館は一門の宗家が構える道場だ。

入門を望む立場となれば尚の事、常識を弁《わきま》えてもらわねば困る。にも拘《かか》わらず小次郎は進んで紹介状を見せるどころか、藩名を明かそうともせずにいるのだ。

続けて口にしたのは、更《さら》にふざけた事だった。

「そこを曲げて、こちらに置いていただけぬか」

「置いてほしいとな？」

「もちろん労を惜しみは致さぬぞ。雑事一切《いっさい》を引き受けようぞ」

「おぬし、内弟子になりたいと申しておるのか」

「飯さえ食わせてもらえれば文句は申さぬ故、貴公も何なりと申し付けてくれ。はははははは」

すっかり打ち解けた様子で笑うのを、歓之助は呆れて見返すばかり。

（こやつ、たかりの類《たぐい》であったのか……）

道場に足を運んで来るのは、真面目《まじめ》に剣術を学ぼうとする者ばかりではない。

景気の悪い昨今は、こういう手合いが出没しがちである。

適当な事を言って転がり込み、衣食を賄《まかな》おうとする浪人者だ。

門人が集まらずに道場主自身が食い詰めて近隣の商家に押しかけ、用心棒になってやろうと売り込んだり、断られれば強請《ゆすり》まがいの真似を働いて荒稼ぎをしているのであれば、相身互いで同じ穴の狢《むじな》が群れ集まるのも自明《じめい》の理《り》。

しかし練兵館は、そういった無頼《ぶらい》の巣窟《そうくつ》とは別物である。

剣術を稽古するだけではなく兵学の講義や漢籍の素読に取り組み、文武両道を真摯《しんし》に極めることを目標とする場所に、程度の低い輩《やから》を迎えるわけにはいかない。

自ら教鞭《きょうべん》を取る弥九郎は少年の頃から儒学者を志し、越中国《えっちゅうのくに》の農村から江戸に出て苦学を重ねた身。剣の才を認められ、一門を率いるに至った後も勉学を怠らず、高名な学者たちと交流を続けていた。

故に周囲も気を遣い、ふざけた輩を弟子入りさせないように防御している。

今日も午前だけで三人、不心得者が歓之助と古株の門人たちに叩き出された。

この若者も残念ながら、そういう類の浪人らしい。

藩名を明かさないのは国許で罪を犯し、逃げて来た故の事とも考えられる。

武家において主従の縁は生涯続くものであり、真っ当な理由で致仕《ちし》したのであれば再び仕官をするまでは、身許を保証されるはず。

それを隠すという事は、後ろ暗い立場なのだ。

見所《みどころ》があると思ったが、とんだ眼鏡違いであった。

ずいと歓之助は立ち上がった。

「間殿、早々にお引き取り願おうか」

「いや、それは困る」

「困るのはこちらのほうだ。とっとと帰ってくれ」

吐き捨てるような口調で告げると、歓之助は小次郎を睨みつけた。

見返す態度は、数年前に元服したばかりとは思えぬほど貫禄十分。若輩ながら宗家の息子として、兄と共に一門の次代を担う身なればこその気概に満ちていた。

だが、小次郎は引き下がらない。

鋭い視線を身じろぎもせず受け止め、一言返す。

「されば勝負致そうぞ、歓之助殿」

「何っ」

「俺は生来口下手《くちべた》でな。下手に言を尽くすよりも、腕を示したほうが早かろう。防具の類は無用にござれば打物《うちもの》のみを拝借し、貴公と立ち合わせてはいただけぬか」

「よかろう。後でどうなろうとも、文句は聞かぬぞ」

即答する歓之助に気負いはない。

ひとたび不心得者と見なしたからには、打ち倒すのみと心に決めていた。

二

竹刀の響きは、道場の外にまで聞こえていた。

「うぬっ……」

立ち合いが長引く中、歓之助は焦りを隠せずにいる。

先程から足払いを幾度仕掛けても、小次郎に躱されてばかりいる。

打ち合うだけでは、何時《いつ》まで経っても埒が明くまい。

ついに竹刀をかなぐり捨てたのは、業《ごう》を煮やした末の事だった。

「来い！」

「応っ」

吼《ほ》える歓之助に応じて、小次郎も素手になる。

もとより防具を着けていないため、組み合う動きは共に素早い。

「エイ」

「ヤッ」

格闘を始めた二人を、道場に居合わせた門人たちは固唾《かたず》を飲んで見守っている。

歓之助から、手出しは無用とあらかじめ申し付けられていたものの、この有り様では自分の稽古に集中しているどころではなかった。

「若先生……」

「まずいぞ、このままでは……」

古株の門人たちが焦《あせ》り出したのも、無理はない。

歓之助は三男坊だが、次男が早世した斎藤家では二番目の跡取り息子。

長男の新太郎が武者修行の成果を認められ、旅先の大名家で仕官する運びとなれば練兵館を継ぐ事になる立場であった。

生国も明かそうとしない相手と立ち合って万が一にも後《おく》れを取り、悪い噂が立てば将来に差し障《さわ》る。

たとえ歓之助が勝ったとしても、外聞が悪いのは同じ事。

小次郎はどう見ても、不逞無頼の浪人者と大差が無い。

口止め料を摑ませたところで、斎藤家の御曹司《おんぞうし》を追い込んだ事実を黙っている保証など有りはしない。

何か事が起きてからでは、遅いのだ。

生かして帰すわけにはいくまい――。

決意した一人が稽古場を抜け出し、着替えの間《ま》から刀を持って来た。

数人が後に続いた事に、歓之助は気付かずにいる。

一門の名誉を守るため、決着の如何《いかん》に拘わらず小次郎を斬って捨てる積もりでいるとは、夢想だにしていなかった。

当の小次郎も、歓之助を相手取るのに手一杯。

優勢とはいえ、決して余裕綽々《しゃくしゃく》ではなかった。

歓之助が「鬼歓」と恐れられるのは、突きを得意とする事だけが理由ではない。

少年の頃から幾度打ち倒されようとも降参せず、遮二無二《しゃにむに》挑みかかるのが常である気迫の持ち主なればこそ、付いた異名であった。

成長するのに伴って体付きは逞しさを増し、背丈も齢を重ねる程に伸びている。

「鋭《えい》っ……」

息を切らせながらも投げ飛ばしたのは、埋め難い体格の差があればこそ。

持ち前の機敏さが鈍った小次郎に、もはや抗《あらが》う術《すべ》は無かった。

背中から床に叩き付けられた機を逃さず、門人たちは一斉に刀の鞘《さや》を払う。

歓之助は力尽き、床の上で息を切らせている。

渾身《こんしん》の投げを見舞った直後とあっては、無理もあるまい。

「な……何をしおるかっ、おぬしたち……」

「御一門のためにござる！」

「ご容赦くだされ、若先生っ！」

慌てて歓之助が制したものの、前に立ち塞がる事まではできない。息切れした上に小次郎を投げ飛ばした反動で、足が攣《つ》っていたのだ。

当の小次郎も起き上がれず、動揺して目を見開くばかり。

「若先生、御免っ」

「覚悟せい、慮外者《りょがいもの》めっ」

口々に叫びながら、門人たちの刃が迫る。

「止《や》めい」

芋刺しにされようとした刹那《せつな》、一喝したのは威厳に満ちた声。

「不心得者どもめ、稽古場で刀を抜いて何とするか」

「せ、先生っ」

「も、申し訳ありませぬ」

抜き身を慌てて隠し、門人たちは一斉に頭を下げる。

道場に入って来たのは彫りの深い顔立ちをした、壮年の男。

「ち、父上」

痛む足を折り敷いて、歓之助も平伏する。

思いがけず現れた時の氏神《うじがみ》を、小次郎は唖然としながら見返した。

「おぬし、大事無いか」

穏やかな口調で呼びかけた男の名は斎藤弥九郎、五十二歳。

この練兵館の主にして、神道無念流の道統を受け継ぐ傑物だった。


道場を後にした小次郎は棟続きの住まいに在る、弥九郎の部屋に通された。

歓之助が同席したのは当人の意思ではなく、父親に命じられたが故の事。小次郎が部屋の隅で休ませてもらっている間も正座させられ、ずっと説教をされていた。

「愚か者め。何故に儂が戻るまで待てなんだのか」

門人たちを止めた時と同様、弥九郎の口調はあくまで穏やか。

それでいて眼光鋭く、漂う気迫が口答えを許さない。強気な歓之助も抗えず、無言でうなだれるばかりだった。

「向こう三日は、稽古場に出て参るな。重々《じゅうじゅう》反省致すのだぞ」

「こ、心得ました」

首をすくめる様子を見届け、弥九郎は小次郎に向き直った。

歓之助を叱り付けていた時と違って、見やる視線は柔和だった。着衣が襤褸《ぼろ》も同然である事など、最初から気にも留めていない。

「愚息が無礼を致したな。儂に免じて、勘弁してはもらえぬか」

「いえ、滅相《めっそう》もありませぬ。こちらこそ若先生にご無礼を働き、誠に申し訳なき限りにございます。ご門人の皆様方にも、何卒お咎《とが》めなきように願いまする」

「かたじけない。双方共に大事に至らず、幸いであった事よ」

膝を正して詫びた小次郎にそう告げると、弥九郎は続けて問いかけた。

「入門を望んで参ったと聞いたが、気持ちは変わらぬか」

「はい。是非共お許しをいただきたく、重ねてお願い申し上げます」

「ふむ、意志は固いらしいのう」

一言呟き、弥九郎はつるりと額を撫で上げた。

拳《こぶし》の形に残った痣《あざ》は寝る間を惜しみ、机に肘を突いて仮眠を取りながら勉学と剣術修行に日夜励んだ、青年時代の苦労の証《あか》し。地道な努力で才能を開花させて運を呼び込み、江戸で有数の道場を構えるに至った苦労人なればこそ、文無しの小次郎を無下《むげ》に扱う事をせず、高名でありながら己を飾り立てようともしなかった。

「おぬし、幼子の相手は苦にならぬか」

「はい。甥《おい》と姪《めい》が多うございました故」

「歓之助《こゃっ》の稽古相手共々、守《も》りを引き受けてもらえるか？」

「お任せくだされ、先生」

「それは重畳《ちょうじょう》。食い扶持《ぶち》が増えれば妻《さい》もいい顔をすまいが、子どもらの世話を頼めると申せば是非もあるまい。うむ、うむ……これは渡りに船だのう」

ひとりごちる弥九郎の横顔を、小次郎は無言で見やる。

弥九郎は子沢山《こだくさん》で、歓之助の下に十三歳の四郎之助《しろうのすけ》と九歳の五郎之助《ごろうのすけ》、そして五歳になる妹の象《きさ》が居る。貧苦を共にして来た妻の岩《いわ》との仲は今も睦まじく、また子宝に恵まれるのではないかと、専《もっぱ》らの評判であるという。

全てはあらかじめ、小次郎も承知の上の事だ。

(成る程、聞いた通りの大物や。田舎者をほーけにすることもせんし、しょーらしいお人なんやな)

胸の内で呟いたのは、郷里のお国言葉だった。

相手が誰であろうと軽んじず、性格はあくまで真面目。

そんな弥九郎の人柄を踏まえて、入門を志願したのだ。

歓之助を挑発し、勝負に持ち込んだのも授けられた策の内。門人たちに刺されかけたのは計算外だったが、弥九郎のお陰で助かった。

見殺しにしておけば、命を縮めずに済んだものを――。

「何卒よしなに願い上げまする」

折り目正しく頭を下げながら、小次郎が考えていたのは別の事。

(騙《だま》されたらいかん。この男は韮山代官に手ぇ貸して、鳥居《とりい》様を追い込んだ憎い相手や。華のお江戸で身を立てる前に、あのお方のご無念だけは、きっちり晴らして差し上げんとな……)

讃岐《さぬき》の丸亀《まるがめ》城下から出奔《しゅっぽん》し、遠路を厭《いと》わず江戸にやって来たのは、神道無念流の剣を学び修めるためではない。

内弟子となって練兵館に入り込み、折を見て、斎藤弥九郎の命を断つ。

それが敬愛する人物から仰せつかった、間小次郎の真の使命であった。

三

始まりは、三月《みつき》近く前の事だった。

屋敷とは名ばかりのあばら家に珍しく、兄の上役である足軽組頭《くみがしら》が足を運んで来たのは年が明けた二日の昼下がり。

藩士にとっては登城日だが、新年の儀など御目見得《おめみえ》以下の軽輩には関わりない。侘《わび》しいのは当主である兄に限らず、家族にしても同じ事。

正月気分を味わえたのは元日だけで、一夜明ければいつもの内職が待っていた。

丸亀藩を治める京極《きょうごく》家は、藩士の内職として団扇《うちわ》作りを奨励している。隣国の高松《たかまつ》藩が擁する金毘羅大権現《こんぴらだいごんげん》に詣でる多くの善男善女は、藩領内の港を海の玄関口として利用するため、土産物《みやげもの》がよく売れる。中でも団扇は人気を集め、丈夫でしなやかな丸柄《まるえ》と虫除けの柿渋が塗られた下地、そして丸に金の一文字を入れた独特の意匠が好評を博し、手間はかかるが実入りが良い。藩士より格下の足軽にとっては尚の事で、少ない扶持を補うべく一家総出で励む。

組頭が訪ねて来た時、小次郎は囲炉裏《いろり》端で柄を拵《こしら》えている最中だった。

一本の竹を巧みに加工し、節《ふし》を残して骨を細く削る作業は集中を要する。できれば途中で放り出し、城下の道場へ年始代わりに乗り込みたいところだったが、父の弥兵衛《やへえ》が昨年の暮れに隠居してから毎日大きな背中を丸め、せっせと内職に励みながら見張りをしているので、そうもいかない。

柿渋の臭いが漂う中、黙々と竹を削る小次郎は、しがない部屋住みの次男坊。応対するのは家督を継いだ兄の役目なのだからと、組頭に挨拶もしなかった。

そんなところに息せき切って駆け付けたのは、いつもは口数の少ない兄の大吉《だいきち》。

「こ、小次郎、早よ来《こ》まい！」

「何しとんや、兄上。今日はしょーらしく（真面目に）やっちょるやろ。削り損ねてしもたやないか」

「はがいましー（じれったい）！　お前《まい》に運《ぶに》が向いて来たんやぞ‼」

「何や何や、やぎろしー（面倒臭い）なぁ……」

節を断ってしまった竹を片手にぼやくのに構わず、大吉は小次郎を引っ立てた。

名前の通り六尺豊かな大男の兄に対して、小次郎は五尺足らず。本気を出せば振りほどく事もできたが、自ら足を運んで来た組頭を下にも置かず、ぺこぺこする光景を横目で見てしまったばかりだけに、新年早々から兄弟喧嘩をするのは気が引けた。

一方で、揃って巨漢の父と兄を軽蔑せずにはいられない。

（こんだけ図体が大きゅうても、たかが足軽、ただの門番やないか……そんなしょーもない役目に三代続けて励んだかて、どなんなるんや……）

間家が足軽に格下げされたのは、今は亡き祖父の代の事だった。

それまでは微禄ながら代々の藩士として、領内の農村を監視する郷方《さとかた》勤めの役目を仰せつかっていたものの、寛延《かんえん》三年（一七五〇）の年明け早々に支藩の多度津《たどつ》藩をも巻き込んだ大規模な一揆《いっき》が起こった折に、水面下で着々と準備が進められていたのを未然に察知できなかったために、責任を取らされたのだ。

農民を指揮した藩士たちが一族全員、幼子まで死罪に処された事を思えば降格だけで処分が済んだのは、幸いだったと言えるのかも知れない。

とはいえ子々孫々、ずっと報われぬままとあっては耐え難い。

足軽は士分の証しに苗字を冠して大小の刀を帯び、袴を常着にする事は認められているものの、就《つ》ける役目は限られる。藩士との格差は大きく、学問はもとより武芸を修行する上でも軽んじられ、もとより貧しいために道場通いもままならなかった。

どうせ励んだところで真っ当に実力を認められず、下手くそな藩士の子息ばかりが褒《ほ》められるのなら、最初から通いたくもない。

小次郎はそう心に決めて我流《がりゅう》で腕を磨き、道場破りに乗り込んで、大きな顔をしている藩士の倅《せがれ》どもを、指南を乞うと称して叩きのめした。お国言葉で「じょんならん」——手に負えない、札付きの悪たれ呼ばわりをされて憚《はばか》らずにいた。

そんな真似をしていれば父の肩身が狭くなり、ただでさえ望めぬ出世が一層遠のくと分かっていながら、我関せずを決め込んだのだ。

もちろん厳しく咎められたものの止めるつもりはさらさら無く、してやられる藩士の倅どもも恥になるので、表立っては訴えられない。近頃は小次郎が城下を歩くだけでも避けて通り、あからさまに怯《おび》える程であった。

この調子ならば脱藩して、武者修行の旅に出ても通用するのではないか。

今年こそ家を飛び出し、己が力で立身する道を歩むのだ――。

そんな事を初日の出に誓ったばかりというのに、これは一体何事か。

訳が分からぬまま、小次郎は客間に引っ立てられていく。

待っていたのは、思わぬ辞令。

「おお、いつもながら逞しいのう。結構、結構」

長らく江戸詰めだったため、お国言葉がなかなか戻らぬ組頭が日頃の悪行を咎めもせず、似合わぬ世辞まで言った上で命じてきたのは四年前から藩が預かる、元旗本の監視役だった。

その夜、小次郎は元旦にも増して豪華な料理の膳とお年玉に与《あずか》った。

吝《しわ》い屋で有名な組頭が新年の祝い酒に添え、少なからぬ金子《きんす》を置いていったのだ。

「これでお前も一人前や。よかった、よかった……」

「ほんとによかったなぁ、小次郎さん」

ほろ酔い気分で我が事の如く喜んだのは、母の里江《さとえ》と嫂《あによめ》の初世《はつよ》。

「ありがと、おじちゃん！」

「うれしいなぁ」

兄夫婦の幼い子どもらも銭の代わりに甘い菓子をどっさり受け取り、嬉々としていたが弥兵衛は黙り込み、大吉も組頭が帰った後、ずっと打ち沈んでいる。

それもそのはずだった。

何事も上辺《うわべ》しか理解をしない女子どもと違って、男たちには裏が分かる。当の小次郎も久方ぶりの酒を口にしながら、一向《いっこう》に酔えずにいた。

(見張りをすっだけで別家ば立ててくれる？　そんなん、てんますぎって……)

余りに話が上手《うま》すぎる。

そんな直感は、正鵠《せいこく》を射たものだった。

父のお下がりの紋服を仕立て直してもらい、疑心暗鬼《ぎしんあんき》で出仕した小次郎に、組頭が明かした真の役目は、公儀の裁きを受けた罪人である元旗本を密かに討つ事。表向きは病死と見せかけ、口封じをする企みに加担せよと強《し》いられたのだ。

押し付けられたものの持て余し、藩が亡き者にせんとした人物の名は鳥居耀蔵《ようぞう》。公儀の目付《めつけ》を経て南町奉行にまで出世したものの幕閣内の政争に敗《やぶ》れ、流刑の憂き目を見た耀蔵は甲斐守《かいのかみ》の官位を授かっていた頃、妖甲斐《ようかい》と恐れられた男であった。


初めて対面した折の事を、小次郎はよく覚えている。

「そのほうは、井の中の蛙《かわず》と言うべき手合いらしいの」

「は？」

「慢心が面《おもて》に滲み出ておる。さしずめ腕の劣る者ばかりを相手取り、悦《えつ》に入《い》っておるのだろう。違うか」

「そ、それは……」

「剣の道を舐《な》めてはいかんぞ。そのほうの知らぬ手練は京極殿の御家中だけでも少なからず居るであろうし、京大坂ともなれば尚の事じゃ」

「………」

言葉を失ったのも、無理はない。

出会い頭《がしら》の指摘は図星であった。

確かに昨年来、丸亀城下の道場で小次郎に敵《かな》う者は皆無。

とはいえ、打ち倒したのは藩士の中でも下級の者ばかり。顔を合わせる機など望むべくもない、上士とその子弟の中には、未知の強豪も居るのだろう。

小次郎の噂を聞いたところで、向こうから勝負を挑んでくる事など有り得まい。取るに足らぬ軽輩と見なし、最初から鼻も引っ掛けないからだ。

そんな現実から目を背《そむ》け、小次郎は脱藩する気になっていた。変わり映えのしない日常から抜け出す口実に、世間に出ても通用すると己自身に言い聞かせ、思い込もうとしていたのだ。

そんな小次郎の胸の内を、耀蔵は容易《たやす》く暴いた。

その上で、思わぬ話を持ちかけてきたのである。

「そのほう、練兵館の斎藤弥九郎を存じておるか」

「れんぺいかん……にござるか？」

「首尾よう倒す事が叶うたならば、日《ひ》の本《もと》一の剣士と称したところで謗《そし》られまい。そやつは儂にとっても憎んで余りある相手……。どうだ、挑んでみる気はないか」

四

（さすがは妖甲斐と呼ばれたお人や。俺をその気にさせたんやからな……）

小次郎は思い出しつつ、改めて弥九郎に頭を下げた。

「かたじけのう存じます、先生。衷心《ちゅうしん》より御礼を申し上げます」

お国言葉を交えぬ喋り方は耀蔵に懐柔《かいじゅう》された後、手ほどきをされたもの。

常に訥々と、かつ礼儀正しく話す事を心掛ければ訛《なま》りは出にくく、相手にも素性を気付かれない。早口になりがちな癖を改め、努《つと》めてゆっくり喋るようにと毎日注意を受け続けた甲斐あって、危なげのない口調である。

しかし、生来のせっかちな気性まで隠し通すのは無理だった。

「されば先生、早速に起請文《きしょうもん》を……」

「これ、左様に急《せ》いて何とする」

弥九郎は真面目な顔で窘《たしな》めた。

「神文誓詞《しんもんせいし》とは軽々しゅう交わして良いものではない。おぬしも剣を学んだ身ならば、先刻承知の上であろう」

「前に学んだ道場は違《ちご》うたのか」

「は……」

「も、申し訳ありませぬ」

不思議そうに問い返され、小次郎は狼狽《ろうばい》した。

墓穴《ぼけつ》を掘って動揺すると、言ってはならないことを口にしがちなものである。

「何分、入門のお許しを頂戴したのは、初めての事にございますれば……」

「初めてとな？」

「ば、馬鹿を申すでないわっ」

弥九郎と同時に声を張り上げたのは、傍らに控える歓之助。

厳格な父が小次郎をどのように扱うのかが気に掛かり、説教が終わっても退出せずに居残っていたのである。

「じ、冗談も大概に致さねば、承知せぬぞ！」

当人に増して動揺を露《あら》わにしたのも、無理はない。

小次郎は生意気ながら、歓之助に匹敵する実力の持ち主だ。

竹刀捌きの巧みさはこちらが上だが、その差を埋める度胸は満点。

臆する事なく立ち向かって来てくれるので、遠慮抜きに全力を出しきれる。

年が若く、体力十分なのも好もしい。

お誂《あつら》え向きの稽古相手が、ついに見付かったのである。

おかしな事を言い出して弥九郎の機嫌を損《そこ》ね、追い出されてしまっては困る。悪い冗談や謙遜ならば速やかに取り消させ、首尾よく入門させなくてはなるまい。

弥九郎を差し置いて問い詰めたのも、そんな執《しゅう》着《ちゃく》故の事であった。

「おぬし、まことに道場通いをした事がないと申すのか」

「はい。恥ずかしながら、我流にござる」

訥々と答えるのを耳にして、歓之助は絶句した。

「馬鹿な……」

有り得ない話である。

小次郎の竹刀捌きは不器用ながら、立ち合いの数をこなした猛者《もさ》ならではの冴えがある。相手と立ち合う経験を積む事なく、見様見真似の独り稽古を幾ら重ねたところで身に付くはずがない。

言っているのが真実ならば、どうやって実力を身に付けたのか。

まさか、ただの素人にあれほど追い込まれたというのか――？

黙り込んだ小次郎を前にして、歓之助は目を白黒させるばかり。

更なる答えを導き出したのは、弥九郎だった。

「おぬし、道場破りで腕を磨いた口だな」

「……………」

「言わずとも察しは付くぞ。木太刀《きだち》ばかり振るうておれば、手の平の底には胼胝《たこ》など出来ぬはずだからの」

弥九郎の指摘を耳にした途端、歓之助は立ち上がった。

小次郎に駆け寄りざま、左の手首を引っ摑む。

「見せてみろ！」

抗う事なく、小次郎は握り締めた拳を開いた。

小指と薬指の付け根の部分、そして掌底《しょうてい》の一部だけが硬い。

見紛う事なき、竹刀胼胝だ。

正しい手の内で竹刀を握って右手に余計な力を入れず、常に左手を軸にして振るう事を心がけて稽古をすれば、この三箇所の皮膚が早々に擦《す》れて肉刺《まめ》になる。ちなみに掌底が擦れるのは両手の間を狭めて握る真剣や木刀と違って、左手の小指を柄頭《つかがしら》に半掛けにするが故の事だ。

そうやって拵《こしら》えた肉刺を潰す痛みに耐え、日々の稽古を重ねた末に出来上がる竹刀胼胝は道場通いを怠らず、地道に鍛錬を積んだ証し。

それを暴いた歓之助自身の左手にも、同様の胼胝がある。

黙して答えを待つ弥九郎も、若かりし頃に経験した事であった。

「……ご推察の通りにございます」

小次郎は観念した様子で言った。

「それがしの家は貧しく、道場になど通わせてもらう余裕がありませんでした。無礼を承知で足を運び、お情けで稽古を付けて欲しいと願うたところで相手にされず、富める家の子弟たちからは嘲《あざけ》られるばかりにございました。故に独り稽古を積んでは乗り込んで場数を踏み、この腕に磨きをかけて参ったのです」

「成る程のう」

弥九郎は頷いた。

「金品を脅し取るが目的に非ざる道場破り、か……。ならば勝っても負けても、さぞ得るものは多かったであろうよ」

「どういう事ですか、父上」

訳が分からず、歓之助が問う。

混乱を覚えながらも、小次郎の左腕を捻り上げた手は離さない。

「察しが付かぬか、歓之助」

弥九郎の答えは明快だった。

「お前も今し方、同じ事をされたばかりなのだぞ」

「えっ」

「忘れたか。他流試合は言うに及ばず、余人の目に触れる場においては手数をわざと増やし、真の姿を気取られぬようにせよと常々申し付けておいたはずだ」

「あ……」

歓之助は再び言葉を失った。

弥九郎が口にしたのは、後の世に古流剣術と呼ばれる各流派に顕著な特徴。一般に公開される演武会などでは目まぐるしく打ち合っているかのように見せかけ、実戦に際しては一撃で勝負を決める前提の、技の全貌を見せはしない。

しかし歓之助は小次郎を相手取って余裕を失い、真剣勝負さながらに打ち合う中で装うことを忘れていた。

古株の門人衆が小次郎を亡き者にしようとする一方で初心の者たちに命じ、武者窓の前に立ち塞がらせて目隠しをしたから良かったものの、下手《へた》をすれば野次馬が寄ってきて現場を見られ、吹聴《ふいちょう》されたかも知れないのだ。

愕然とする歓之助をよそに、弥九郎は続けて言った。

「焚き付けられた相手は本気になり、勝手に手の内を曝《さら》け出す。門外不出と分かっていても、頭に血が上れば考えなしに手が出てしまう。つまりは入門を許されずとも技を盗み、我がものとする事が叶う寸法だ。なまじ稽古場を覗こうとして追い払われる事を繰り返すよりも、直《じか》に打ち合うたほうが覚えも早い……。考えたな、おぬし」

「はい……文字通り、窮余の一策にございました」

「そこまでして剣を学ばんと志したのは、何故か」

「この腕一本で世間を渡り、立身するためにございます」

即答したのは芝居でも何でもない、小次郎の偽《いつわ》らざる本音。

事を命じられる以前から、そうする積もりでいたのだ。

もとより抱く悲願であれば、取り繕《つくろ》うまでもない。

本来の目的をひとまず置いて、真摯に出した答えであった。

「ふむ……偽りを言うておるわけではないらしいの」

一言呟くと、弥九郎は傍らに視線を転じた。

「いつまでそうしておるつもりじゃ。間《はざま》が軸手を傷《いた》めたら何とする?」

「も、申し訳ありませぬ」

弥九郎に促され、歓之助は慌てて手を離す。

ずっと捻り上げたままでいたのである。

「……手荒な真似をしてしもうた。許せ」

小声で詫びると、歓之助は弥九郎の傍らに戻っていく。

小次郎は乱れた袖と襟元を正し、膝を揃えて座り直す。

そんな二人の様子を見届け、弥九郎は思わぬ事を言い出した。

「入門の儀は、十日の後に執り行おうぞ」

「先生?」

「父上っ」

驚く小次郎と同時に、歓之助も戸惑いの声を上げた。

入門の儀が大事であること自体は、もとより承知の上である。

神文誓詞とも呼ばれる起請文は、道場に入門する際に欠かせぬ誓約書。その内容は流派と道場の規律を守り、稽古で学んだ内容を外部に漏らさぬ事などから成り、技量の上達を認められて伝書を授かる場合も、同様に誓いを立てるのが常だった。

今すぐ入門させるのは無理だとしても、十日後とは遅すぎる。

小次郎を認めたにも拘わらず、なぜ日取りを引き延ばすのか。

日を置いたが故に気が変わり、入門を諦めてしまったら何とするのか――。

「静かにせい」

動揺を隠せぬ歓之助を叱り付け、弥九郎は小次郎に向き直った。

「おぬしの思うところは得心致した故、素性までは敢えて問うまい。入門の儀には親兄弟なり上役なり、請人《うけにん》たり得る者を同席させるが筋なれど、その事も此度《こたび》ばかりは不問に致す。代わりにおぬしの人柄を、とくと検分させてもらうからの」

「それがしの、人柄を？」

「稽古の支度に家事、子守り……あれこれ申し付ける事になろうが、己が働きを以て身許の証しを立ててみせるがいい」

「心得ました」

小次郎が安堵の笑みを浮かべた。

しかし、ホッとできたのも束の間でしかなかった。

「あらかじめ申しておくが、当道場は腕が立つだけでは続かぬぞ」

「もとより承知の上にございます、先生」

弥九郎に告げられ、小次郎は笑顔で頷く。

その笑みが凍り付いたのは、一瞬の後の事だった。

「勉学にも大いに励んでもらう故、その積もりで居るのだぞ」

「勉学？　それがし、恥ずかしながら素読は苦手にござれば……」

「何も四書五経《ししょごきょう》を諳《そら》んじろとまでは申さぬ。儂が剣術と共に指南しておるのは兵学だからの。関連する書は学んでもらうが、実技と理を余さず会得した暁には調練の一員に加えてつかわそう。我らが師の高島秋帆《たかしましゅうはん》先生がお解き放しになられる日に備え、大いに学んでくれ。これからは銃の時代、日の本の行く末はおぬしら若人が担うのだ」

「銃……にござるか？」

「もちろん、昔ながらの種子島《たねがしま》ではない。銃はもとより大筒《おおづつ》も、全てオランダ渡りの新式ぞ。砲術には剣術と違う醍醐味《だいごみ》がある故な、楽しみにして励むがよかろうぞ」

「はぁ」

続けざまに思わぬ事を告げられて、小次郎は戸惑うばかり。

一方の弥九郎は嬉々として、大きな目を輝かせている。

高島秋帆は最新の銃砲の扱いに通暁《つうぎょう》し、自ら砲術の流派を興《おこ》した兵学者。オランダ商館との交易を許された長崎の町年寄《まちどしより》の家に生まれ、自ら買い揃えた洋式の大筒と銃を用いた調練を公開する事を幕府に進言して認められ、江戸郊外の徳丸ヶ原《とくまるがはら》にて執り行ったのは八年前、天保《てんぽう》十二年（一八四一）五月九日の事だった。

江川英龍と共に弥九郎が調練に参加した話は、もとより小次郎も承知の上だ。

討手の小次郎を懐柔し、逆に暗殺を命じるに至った鳥居耀蔵にとって、それは耐え難い屈辱を与えられた一日であったらしい。

時の老中首座で耀蔵を重用《ちょうよう》した水野忠邦《みずのただくに》との仲がこじれ、失脚の憂き目を見るきっかけとなったのが、徳丸ヶ原での砲術調練だったのだ。

故に弥九郎を仕留めた後、可能ならば英龍も討てと所望《しょもう》されたのである。

ひとまず練兵館に入り込むのは叶ったものの、思わぬ課題が増えてしまった。

小次郎が吹き込まれた斎藤弥九郎の人物像は、儒学者となる事を志しながら剣術に転じた変節漢にして、韮山代官の腰巾着。恨み骨髄に徹する身なればこそ、悪《あ》しざまに評したのだろうが、これほど砲術に傾倒しているとは聞かされていなかった。

弥九郎の熱弁は続いていた。

「兵学は算勘の才も必要じゃ。算盤《そろばん》は弾けるな？」

「それがその、先生」

無礼と承知で、小次郎は話を遮《さえぎ》らざるを得なかった。

「それがしは恥ずかしながら、碌《ろく》に寺子屋にも通うておりません。辛《かろ》うじて読み書きは出来まするが、算盤勘定は素読に増して不得手にござる。有《あ》り体《てい》に申せば、まるで分かっておりませぬ」

「……左様か。されば、初歩から始めてもらおうか」

弥九郎は静かな面持ちに戻って言った。

「歓之助、おぬしが手ほどきをしてやれ」

「私が、でございますか？」

「当然であろう。稽古の相手をしてもらいたいのであれば、入門が叶うように助勢致すのが筋だからの。それとも四郎之助に任せ、兄としての面目《めんぼく》を失いたいか」

「い、いえ」

「ならば言われた通りにせい。用足しに不自由のないように、この界隈《かいわい》の案内もしてやるのだぞ」

「こ、心得ました」

やむなく頷く歓之助も、学問に自信がないらしい。

目的に一歩近付いたと思えたのも束の間、小次郎の不安は募るばかりであった。

五

寝起きする場所として与えられたのは、玄関脇の小部屋だった。

雑用に加えて、下足番《げそくばん》も務める事になったからだ。

斎藤家は使用人が少なく、家内の用事の多くを内弟子たちが担《にな》っている。表の通りに面した木戸門の開け閉めと下足番もそのひとつだが、向こう十日の間は小次郎に任せよと弥九郎が命じたのである。もとより寝具や行灯《あんどん》は備え付けてあり、いちいち用意をする必要はなかった。

「明け方から門人衆が出入り致す故、落ち着かぬだろうが辛抱してくれ」

「委細お任せくだされ、若先生」

「これ、入門が叶うまでは歓之助で構わぬと言うたであろう。俺も小次郎と呼ばせてもらう故、遠慮は無用ぞ」

「心得ました、歓之助殿」

答える小次郎の笑顔はぎこちない。胸の内に不安を抱えているのを気取らせまいと思いながらも、装いきれずにいる。

先程から表情が硬いままなのは、歓之助もご同様。小次郎を励まさねばなるまいと心がけつつ、やはり不安を隠せなかった。

表から射し込む夕陽が、二人の暗い表情を照らしている。

すでに通いの門人たちは全員帰宅し、玄関に履物は出ていない。

打ち沈んだ空気を霧散させたのは、廊下を駆けて来る足音だった。

「あにさまー！」

障子を開けたままの部屋に元気一杯に駆け込んだのは、おかっぱ頭の女の子。

後に続いて現れたのは、前髪も初々《ういうい》しい男の子が二人。いずれも弥九郎に似て彫りの深い顔立ちだが、小さいほうは頬が丸く福々しい。

「兄上」

歓之助に呼びかけたのは元服も間近と思われる、年嵩《としかさ》の少年だった。

「何としたのだ四郎之助、象がやかましいぞ」

「申し訳ありませぬ。お客人に会いたいと言って、聞かぬもので……」

四郎之助と呼ばれた少年の表情は、兄に劣らず硬かった。

「して、お客人は何処に居られるのですか」

「客人ではない。いずれ内弟子になる者ぞ」

憮然と告げながら、歓之助は小次郎に視線を向けた。

「騒がしゅうてすまぬな。弟たちと妹だ」

「はぁ」

小次郎が戸惑ったのも、無理はない。

敷居際に隠れるようにして立ったままの四郎之助をよそに、幼い二人は部屋の中に入り込んでいた。

「わぁ、ほんとにくまさんみたいだ！」

「そうだろう？」

「いや、それがしは熊ではござらぬぞ」

困った様子で頭を掻く小次郎のしぐさは、確かに見世物小屋の熊さながら。顔も体付きもいかついだけに、無邪気な幼子たちにそんな渾名《あだな》を付けられてしまったのも致し方あるまい。

「ねぇねぇくまさん、あそんでよう」

袖を引っ張る女の子に続いて、男の子がしがみついてくる。

「熊さん熊さん、すもうを取ろうよ」

全く物怖じをしない様子に、さすがの小次郎も困惑するばかり。

「歓之助殿」

助けを求められた歓之助は、幼子たちを引き離した。

「すまぬな。いつもこの調子で、門人衆に手を焼かせておるのだ」

「左様にござるか……」

「この四郎之助は幼き頃より人見知りをする質《たち》なのだが、五郎之助と象はまるで逆で困っておる。母上に言わせれば、俺も同じようなものだったらしいがな」

恥ずかしそうに詫びる歓之助をよそに、幼い兄妹はにこにこしながら小次郎の顔を見上げている。

熊呼ばわりをしていても、微塵《みじん》も悪意など抱いてはいないのだ。

「さぁ、そろそろ夕餉《ゆうげ》だぞ」

手を引きながら促すと、歓之助は小次郎に言った。

「すまぬがおぬしも手伝うてくれ。ちびでも二人まとめて連れ参るのは骨なのでな」

「こ、心得申した」

戸惑いつつ前に出た小次郎に、すかさず五郎之助がしがみつく。

「のこった、のこった！」

「これ、相撲ならば後にせい」

叱りながらも歓之助の表情が綻《ほころ》んだのは、しばし不安を忘れる事ができたため。

あれこれ案じるよりも、今は空きっ腹を満たすのが先であった。


台所と続きの板の間に箱膳《はこぜん》が並んでいた。

上座が空《あ》いているのは、一家の当主は家人が全員揃った上で呼びに行くのが習いであるからだ。

斎藤家の台所を預かる岩は、当年取って四十と一歳。

子どもたちが集まる頃を見計らい、女中と共に配膳を済ませたばかりだった。内弟子たちは部屋にお膳を運んでもらって食事を摂るため、家族と同席するのは使用人の女中と中間《ちゅうげん》、そして小次郎のみだった。

「遅くなりました、母上」

「いえ、いえ、ちょうど良い時分でしたよ」

詫びる歓之助に笑みを返し、岩は麦交じりの飯を手際よく碗に盛る。大所帯のため朝だけでなく夜も炊飯するらしく、ほかほかと湯気が立っていた。

膳には味噌汁と青菜の煮浸しに、香の物が添えられているのみ。

武家では汁物といえばおすましが基本だが、斎藤家にそういった縛りはない。

弥九郎は道場を構える事で士分に準じた立場と認められた上、韮山代官の江川家の配下となってはいるものの、もとより武士に非《あら》ざる身だからだ。献立が毎度一汁一菜なのも武家の習いではなく、倹約を心がけていればこそ。

弥九郎にとっては主君であり、練兵館の後ろ盾になってくれている江川英龍が日頃からそうしている以上、贅沢《ぜいたく》をするわけにもいくまい。

「皆、お座りなさいな」

「はーい」

ちょこちょこ歩む象に続き、四郎之助と五郎之助も円座が敷かれた席に着く。

歓之助が腰を落ち着けたのを見届けると、小次郎は岩に申し出た。

「先生をお呼び致しますか、奥様」

「嫌ですよ、小次郎さん。奥様だなんて止してくださいまし」

にっこり笑う岩は弥九郎の部屋に茶を運んだ折、すでに小次郎とは対面済み。まるで気取ったところがないのは、挨拶をした時から変わらなかった。

「されば、ご新造様」

「こんなお婆さんを捕まえて新造も無いでしょう。岩で結構ですよ」

歓之助と同じような物言いだった。

「と、ともあれ行って参ります」

小次郎は一礼し、廊下を渡って奥に向かう。

足の運びが慎重なのは、礼儀故の事だけとは違う。

何もかも調子の狂う事ばかりだが、これは絶好の折である。

今、弥九郎の周囲には誰もいない。

家族と使用人は食堂に集まっており、内弟子たちが寝起きをする部屋は奥から離れているので気取られる恐れもなかった。まして食事を前にしていれば気が緩み、少々の物音を耳にしたところで不審には思わぬ事だろう。

足音を忍ばせて前進しながら、小次郎は帯前に手を伸ばす。

脇差《わきざし》の鯉口《こいぐち》をそっと緩め、控え切りと呼ばれる状態にしたのは、いざ抜刀する時になって慌てる事を防ぐため。刀身の鍔元《つばもと》に嵌《は》めた鎺《はばき》は鯉口に合わせた造りで、意外な程きっちり締まっているからだ。

刀は玄関脇の小部屋に置いたままだが、不意を突けば脇差で事足りるはず。床の間の刀を取る前に組み付いて、押さえ込めばいい。

静かに歩みを進めるうちに、目指す部屋が見えてきた。

「………」

意を決し、小次郎は手を伸ばす。

刹那、すっと障子が開いた。

「間《はざま》か。ご苦労」

「い、いえ」

中から出て来た弥九郎に、小次郎は深々と頭を下げる。

咄嗟に両手を前に揃え、袖で鍔元を隠す事は忘れない。

作法通りに座って障子を開けようとすれば、礼をした弾みで刀身を鞘走らせていただろう。殿中ならば切腹ものの落ち度だが、小次郎の場合は目的を悟られ、その場で手討ちにされかねない。

幸いにも、弥九郎は何も気付かぬ様子で歩き出す。

「初日から雑作をかけるの」

「め、滅相もありませぬ」

「下の子どもらが騒がしゅう致すやも知れぬが、よしなに頼むぞ」

「お、お任せくだされ」

背中越しに告げられるのに頷きながら、小次郎は後に続く。

悠然と歩みを進める弥九郎の後ろ姿には、寸分の隙もなかった。

六

かくして、慌ただしい毎日が始まった。

気を張り続けた反動に立ち合いの疲れが加わり、ぐっすり眠り込んでいたのを起こされたのは、夜が明ける間際の事。

「御免、御免!」

表の木戸を叩いたのは、一番乗りした二人連れの門人だった。

「な……」

「おのれ、慮外者!」

担いだ竹刀と防具を放り出しざま、慌てて刀に手を掛けたのは、木戸を開けたのが小次郎だったため。旧知の内弟子たちの誰かが寝坊していると思いきや、一門の名誉を汚さんとした、憎き相手が顔を見せたのだから無理もあるまい。

当の小次郎も寝ぼけており、迂闊《うかつ》に出たのがまずかった。

それでも機敏に対処できたのは、たゆまず鍛錬を積んだ身なればこそ。

「ヤッ」

気合いと共に斬り付けるより早く間合いを詰め、刀を振りかぶった両手を押し上げざまに当て身を浴びせる。

いま一人が戸惑う隙を逃さず、飛びかかる動きも俊敏そのもの。

「何事だ、小次郎っ」

「問答無用で襲われ申した。ご容赦くだされ」

押っ取り刀で駆け付けた歓之助に詫びると、小次郎は門人たちに活《かっ》を入れる。

あらかじめ起床して木戸を開けておかなかった報いとはいえ、二度と同じ目に遭うのは御免であった。

道場では神棚に供えた榊《さかき》の水を毎日取り替えた後、床の掃除が欠かせない。単に塵《じん》埃《あい》を払うだけではなく水拭きをして適度に湿らせ、門人たちが乾いた床で稽古中に足を滑らせぬようにするためだ。

朝の掃除は早出した者が自ら行うが、熱の入った立ち合いを繰り返していればすぐに乾いてしまう。

一区切りつくのを待って再び雑巾がけをするのは、内弟子たちの仕事であった。

新参の小次郎の割り当てがキツいのは、やむを得ない事である。

（うーむ、御城下の道場どころではない広さだな……）

胸の内でぼやきながらも裾をはしょった尻を立て、端から端まで拭き上げる動きは素早く、他の内弟子の及ぶところではなかった。

「しめしめ、あやつはよう働くぞ」

「存外に掘り出し物だった訳だな。これで少しは楽ができようぞ」

稽古場の隅を拭いてお茶を濁していた内弟子が二人、どんと背中を叩かれた。

「わ、若先生」

「こ、これはとんだご無礼を……」

「口より先に手を動かさぬか。怠けておると破門に致すぞ」

握った拳を突きつけて叱りつつ、歓之助は小次郎を感心した様子で眺めやる。

確かに、掘り出し物と言うべきであろう。

この調子で労を惜しまず働いてくれれば、弥九郎の心証は更に良くなるはず。

残るは学問の件だが、問題があるのは歓之助自身。

剣術の手ほどきは慣れたものだが、素読も算勘も苦手であった。

算盤を教える事は恥を忍んで四郎之助に任せたものの、元服前では読みこなせぬ漢書と、砲術を学ぶ上で欠かせぬオランダ語の初歩については、毎度事前にお復習《さら》いをしつつ、綱渡りさながらに教えていくより他にあるまい。

せめてもの救いなのは、小次郎が前向きだった事。

「小次郎、そろそろ上がるぞ」

「はいっ」

今日も歓之助の呼びかけに応じ、持ち場の床を速やかに拭き上げる。

自分に増して仕方なく取り組んでいるとは、歓之助は気付いていなかった。

七

「面、面、面！」

「小手――っ!!」

稽古場から絶える事なく、竹刀の響きが聞こえてくる。

(三日も辛抱致さねばならぬとは……辛いのう)

門人たちの声を耳にしながら、歓之助が廊下を渡りゆく。

父に咎められた失態は、身から出た錆《さび》。

指導はもとより自身の稽古まで控えさせられたのも、致し方あるまい。

思い切り竹刀を振るって小次郎とぶつかり合いたい気持ちを抑え、歓之助は黙然と歩みを進める。

抱えていたのは元服する前に用いた、子ども向けの算学の教本。

しまい込んでいたのを取り出す際に咳き込むほど埃《ほこり》が積もっていたものの、手垢《てあか》は殆ど付いていなかった。

見せるのは恥ずかしいが、小次郎を入門させる役に立つなら構うまい。

(俺にはおぬしが必要なのだ。しっかり頼むぞ……)

胸の内で呟きながら、廊下の突き当たりを曲がる。

折しも玄関脇の小部屋では、小次郎が岩に用意してもらった文机《ふづくえ》と硯箱を運び込んでいるところだった。

「ねぇねぇくまさん、あそぼうよう」

盛んにまとわりついていたのは象。

稽古場の雑巾《ぞうきん》がけを終えた小次郎が部屋に戻ったのを目敏《めざと》く見付け、暇に飽かせて押しかけたらしい。

「ご勘弁くだされ、象様」

小次郎は閉口しながらも礼儀正しく、末っ子の相手をしてやっていた。

「お手玉ならば、朝餉の後にご披露つかまつったではござらぬか」

「もういっぺん、やってみせてよ」

「これより若先生に手習いを教えていただきます故な、どうか後程《のちほど》にさせてください」

「やだ、やだ！　いまじゃなきゃ、やだ‼」

駄々《だだ》を捏《こ》ねる象は、愛用のお手玉が盛られた籠を持参していた。

「あたしもじょうずになりたいんだもん。おてほんをみせてよう」

「困りましたな……では、少しだけですぞ」

根《こん》負けした小次郎は机を拭いていた雑巾を置き、象が差し出す籠に手を伸ばした。

「ふたつじゃだめだよ。みっつ、みっつ！」

「はい、はい」

逆らう事なく、小次郎はお手玉を摑み取った。

歓之助は教本を抱えたまま、廊下の角から黙って見守る。

「では、参ります」

一言告げると同時に、ぽんとお手玉が飛んだ。

高々と放り投げ、受けては投げる動きは危なげなく、機敏そのもの。

「わぁ、すごい！」

嬉々とする象の見上げる先で、小次郎は続けざまにお手玉を投げては受ける。二つ同時に捌《さば》くばかりか三つを使って順回し、更には交互に受ける綾《あや》回しまで楽々とやってのけるのは、幼い頃からの得意技。

いかつい外見に似ず、剣術を学んで横柄《おうへい》な大人たちに一泡《ひとあわ》吹かせてやろうと思い立つまでは女の子と遊ぶ事の多かった、大人しい子どもだったのを歡之助は知らない。

武骨な若者の思わぬ特技を、感心して見入るばかりであった。

（うぅむ、器用なものだな……手の内を錬るのに存外、役立つやもしれぬ。これからは俺も象に付き合うて、修行の足しにすると致すか……）

胸の内で呟くと、歡之助は頃合いを見て小部屋の前に立つ。

「わ、若先生」

「歡之助で構わぬと申しただろう。妹が手数をかけて相すまぬな」

慌てて居住まいを正すのを押しとどめ、歡之助は象に向き直る。

可愛い妹であるが、身内だからといって甘やかしては示しがつくまい。

「これ、邪魔をしてはならぬと申し付けたではないか」

「ずるいよう、あにうえばっかり。あたしだって、くまさんとあそびたいもん」

「遊んでおるわけではない。これより小次郎は、私と勉学を致すのだぞ」

「おべんきょう?」

象が嫌そうに顔を顰《しか》めた。

末っ子は幼い頃の歓之助と同様、勉強を好まない。

小次郎と遊びたい気持ちも分かるし、自分もできればそうしたい。

しかし、甘やかすわけにはいかなかった。

弥九郎から命じられた課題をこなさぬ限り、小次郎は練兵館に入門する事を許されない。腕が立つだけでは駄目なのだ。

「自分の部屋に戻れ、象」

「やだ」

「否やは許さぬ。いつまでも甘えておると許さぬぞ」

「ひどいよう、あにうえ」

「やかましい!」

「うえっ……」

余りの剣幕に、象は思わず涙ぐむ。

と、小次郎が二人の間に割って入った。

象のおかっぱ頭をそっと撫でると、脇に押しやる。

「若……いえ、歓之助殿、そのぐらいでよろしいでしょう」

「そうは参らぬ。こやつは日頃から、我が儘が過ぎるのだ」

「泣く子と地頭《じとう》には勝てぬと申すではござらぬか。それに大泣きされてからでは遅うござるぞ。象様は貴公に似て、地声が大きゅうござる故な」

「そ、それはそうだが」

「さぁ、支度を致しましょうぞ」

歓之助を黙らせると、小次郎は象の身の丈に合わせてしゃがんだ。

「象様、それがしの動きは見取っていただけましたかな？」

「うん」

「されば、しばしお一人でお手玉の稽古をなされませ。後で見て差し上げます」

「ほんとに？」

「はい。この通り、約束を致します」

そう言って小次郎は手を伸ばし、象と小指を絡めた。

「ありがと」

指切りをしてもらい、象は頰を綻《ほころ》ばせる。

瞳を潤ませながらも泣くのを堪《こら》え、笑みを返す様子が愛くるしい。

「それじゃ、あとでね！」

小次郎がお手玉を戻してやった籠を抱え、象は廊下を駆け去った。

「慣れたものだな、おぬし……」

「子どもの相手は苦になりませぬよ。大人と違うて、正直でございますからな」

感心しきりの歓之助にさらりと答え、小次郎は再び雑巾に手を伸ばす。

文机を拭き、硯箱を開くのを待って、歓之助は抱えてきた教本をそっと置く。

「俺の使い古しで相すまぬが、遠慮のう使うてくれ」

「かたじけのうござる」

「何程のこともない。父上の眼鏡に適うように、しっかり学んでくれよ」

「もとより心得ております」

快活に答えると、小次郎は墨を磨《す》り始めた。

この様子ならば、教えるのにも手間取るまい——。

八

そんな歓之助の期待は、早々と裏切られた。

小次郎は剣術と同様、読み書きも師匠の下で学ばぬまま成長した身。

武家に生まれた立場で感心できる事ではないものの、少なくとも剣を取っては手練と呼んでも差し支えあるまい。

だが、筆の捌きはまるで成っていなかった。

「待て待て、書き順が違うておるぞ！」

「はぁ」

「そもそも持ち方がおかしいのだ。竹刀を振るう手の内はあれほどまでに錬《ね》れておると申すに、何としたことだっ⁉」

「恥ずかしながら、これでも精一杯にござる」

「おぬし……」

「申し訳ありませぬ」

恥じて俯《うつむ》くのを前にして、歓之助が頭を抱えたのも無理はない。

半紙に書き連ねた文字は、悪筆と呼べる範囲を超えていた。

読み書きは一応こなせるものの、余りにも下手《へた》過ぎる。

決して能筆ではない歓之助が書いて見せた手本はもとより、まだ手習いを始めて間もない五郎之助よりも劣っている。なまじ漢字を書かせるよりも、仮名文字からやり直させるべきだろう。

「手本を用意致す故、しばし待て」

「……お願い致しまする」

しかし、更に問題なのは算学だった。

さすがに九九《くく》は分かっていたが、面積を求める式がまるで理解できない。

「このぐらいの問いが解けずに何とする？　ふざけておると承知せぬぞ！」

「も、申し訳ありませぬ……」

呆れ返る歓之助に弁解できず、小次郎は脂汗《あぶらあせ》を流すばかり。

仮にも武家の子弟がこれほど無知では、怒鳴られても仕方あるまい。

小次郎が無学なのは先祖が役目を全《まっと》うできず、零落《れいらく》したが故の弊害だった。

間家《はざま》が祖父の代まで郷方勤めを仰せつかり、田畑の検見《けみ》や年貢《ねんぐ》の計算に秀でていたのも過去の話。江戸や京大坂の庶民と同様に一種の娯楽として算学を楽しみ、絵馬や額《がく》に難題の答えを記して神社仏閣に奉納する城下町の習慣も、家族総出で団扇作りの内職に励むばかりの、今の暮らしには無縁の事だ。

そんな事情を抱えているとは夢にも思わず、有り得ぬほど物を知らない事に驚き呆れる歓之助は、対処に迷うばかりであった。

小次郎はまだ、最初の問題さえ解けてはいない。

気まずそうに俯いて、脂汗を流す事しかできずにいた。

(何という事だ……)

歓之助は苛立ちながらも、欠伸《あくび》を嚙み殺すのに忙しい。

小次郎に授業をするために昨夜は殆《ほとん》ど眠らず、予習に励んだからである。

努力に応えて問題をどんどん解いてくれれば目も覚めて、より真剣に教えたくなるというものだが、この有り様では気が萎《な》える一方だった。

(父上の教えに曰《いわ》く、腕が立つだけでは神道無念流は極められぬという。まして生涯不殺を貫く事など叶うまい……。こやつならばと思うたが、とんだ見込み違いだったらしいな……)

「兄上、兄上」

意識が遠退《とおの》きかけた刹那、耳元で呼びかける声がした。

「……四郎？」

「お疲れ様にございます。後は私にお任せくだされ」

目の前に立っていたのは、すぐ下の弟の四郎之助。

末弟の五郎之助と共に通う、近所の手習い塾から戻って来たのだ。

驚かされはしたものの、眠気が一気に吹っ飛んだのは幸いだった。

「気を回すには及ばぬぞ。後で呼ぶ故、母上にお八つを貰うて休んでおれ」

歓之助がそう言って促したのは、兄の自覚があればこそ。

帰宅したら小次郎に算盤の指導をさせる約束になっているものの、算学は歓之助の受け持ちだ。必要以上に甘えては、面目が立つまい。

「どうした？　早う参れ」

歓之助は重ねて促した。

しかし、四郎之助は動かない。

「ご遠慮をなされますな、兄上」

「何を申すか。誰も遠慮などしておらぬわ」

「お任せを」

小声で告げると、四郎之助は小次郎に躙《にじ》り寄った。

「間殿《はざま》、ご無礼を致します」

「四郎之助様？　いつの間に、お帰りになられたのでござるか」

「お邪魔をして申し訳ありませぬ」

驚く小次郎に詫びた上で、四郎之助は続けて語りかけた。

「兄は稽古疲れの様子にございます。間殿さえよろしければ、続きは私がお教え致しましょうか」

「さ、されど……」

「ご安堵なされませ。私は兄と違うて勉強中の身なれば、問題は手に負える、簡単なものを選び直させていただきます」

「そ、それはかたじけない」

「よろしいですね」

「もちろん、願ってもないことにござる」

「されば、失礼をつかまつります」

一言断り、四郎之助は敷居際へと視線を向けた。

「五郎」

「はーい」

一礼し、敷居を跨いで入って来たのは五郎之助。

幼いながらも礼を失する事なく敷居際で膝を揃え、呼ばれるのを待っていたのだ。

ちょこんと前に座るのを待ち、四郎之助は問いかけた。

「本日は先生に算学を習うただろう。忘れぬうちにお復習《さら》いを致そうか」

「うん」

「これ、目上の相手に返事を致す折には、はいと申せと教えたはずだぞ」

「はい、兄上」

無邪気に答えた五郎之助は、抱えていた風呂敷包みを解く。

取り出したのは歓之助が用意したものより初歩の、鶴亀算《つるかめざん》やねずみ算が載っている教本だった。

受け取った四郎之助は頁をめくり、文机の上に拡げて置く。

「では、この問いから解いてみよ」

「うん」

無邪気に答えるなり、五郎之助は小次郎の膝の上に乗っかってきた。

「く、くすぐっとうございまする」

困った顔をする小次郎に構う事無く、腰を落ち着ける。

まるっこい手を伸ばして筆を執り、穂先に墨汁《ぼくじゅう》をたっぷり含ませる。

その間に四郎之助は小次郎が書き散らした半紙を片付け、弟が計算に取り組む準備を整えてやるのに余念がない。

四郎之助は、教え方も行き届いていた。

「そう……そう……それでいい……。あっ、そこは違うぞ。いま一度、考えてみよ」

注意を与えながら答えに導く様は、歓之助より堂に入っている。

釣られて小次郎も身を乗り出し、五郎之助と一緒になって思案を巡らせていた。

黙って傍《かたわ》らで見守りながら、歓之助は反省せずにはいられなかった。

知識の乏しい者を幾ら叱り付けたところで、どうにもなりはしない。

無理を強《し》いるのではなく初歩の初歩まで立ち戻り、共に考えればよかったのだ。

小次郎ほどではないにせよ、学問が苦手なのは歓之助も同じ事。

相手の気持ちになって考えれば、もっと緩やかに教えるべきだった。

その点、四郎之助は抜かりが無かった。

自尊心の強い者ならば侮辱されたと受け取って、途中で席を立っていただろう。

しかし、小次郎は全く気にしていない。五郎之助を膝に乗せたまま、出された問題を共に解こうと集中している。

教える四郎之助にとっても、やりやすい方法であった。

内弟子志願の新参者とはいえ、小次郎は年上だ。

元服前の少年に面と向かって講釈されれば面白くないだろうし、人見知りする質《たち》の四郎之助にとっても、出過ぎた真似をするのは負担が大きい。

ならば常の如く弟に教えながら、一緒に考えさせれば良い。

幼いなりに左様に考え、実践したのである。

この調子ならば、案ずるには及ぶまい。

そっと歓之助は腰を上げた。

四郎之助はこちらに背を向けており、小次郎と五郎之助も気付いてはいない。中座したまま戻らなくても、気には留めまい。

足音を忍ばせて、歓之助は敷居を跨ごうとした。

と、四郎之助が背中越しに問うてくる。

「兄上、何処へお出《い》でですか」

「か、厠《かわや》じゃ」

「お早くお戻りくださいませ」

口調こそ丁寧だが、有無を言わせぬ態度である。

（こやつ、よくも兄に向かって）

思わずムッとしたものの、言い返すのは思いとどまった。

小次郎の入門を望むからには、手を抜くわけにいかない。

教える事はできぬまでも同席し、見届ける役目だけは全うすべきだ。

（頼むぞ間《はざま》、俺にはおぬしが必要なのだ……）

胸の内で呟きながら、歓之助は廊下を渡り行く。

速やかに小用を済ませて立ち戻り、最後まで付き合う所存であった。


引き続き、四郎之助は算盤の授業を行った。

たどたどしくも真剣に玉を弾く小次郎の邪魔をしないため、五郎之助は自ら進んで膝から降り、歓之助が運んでやった文机の前に座っている。

ぱちぱちぱちぱち。

ぱちぱちぱち。

窓の障子越しに射す西日の下、二人は算盤を弾き続ける。

最初は手間取っていた小次郎も、五郎之助と合わせる事を心がけるうちに、間違いをしなくなった。

一段落したところで、四郎之助は歓之助に呼びかけた。

「このぐらいでよろしいですか、兄上」

「うむ。間《はざま》には家の用事もしてもらいたいと、父上から申しつかっておる故な」

「承知しました」

四郎之助はホッとした様子で頷いた。やりやすい方法を見出したとはいえ、年上の小次郎を相手にしていて疲れたらしい。

「それでは終《しま》いに致しましょう。お疲れ様でした」

「おつかれさま」

算盤を置いた五郎之助も兄に続いて、にっこりと微笑んだ。

「痛み入りまする。されば、御免」

礼を述べて一礼し、小次郎は部屋を出た。

玄関を出て庭に回り、取りかかったのは薪《まき》割り。

「よっ」

とぼけた声を発して打ち下ろし、また振りかぶる動きは慣れたもの。柄を握った五指を締めては緩め、遠心力を利かせて薪を割る手の内は竹刀捌きに相通じる。国許《くにもと》でも稽古の一環と位置付け、日々こなしていた事だった。

「ほっ」

掛け声と共に振るう鉈《なた》が、太い薪を次々に割っていく。

硬い表皮を避けて打ち込み、かっ、かっと断ち割る音が小気味いい。

そこに無遠慮な笑い声が聞こえてきた。

「見てみろ、山猿が今日もせっせと励んでおるわ」

「ははは、竹刀を振り回すより似合いだのう」

「ふっ、何とかと鋏《はさみ》は使いようだな……」

好き勝手な事を言いながら姿を見せたのは、稽古を終えた門人たち。

いずれも部屋住みと呼ばれる、御家人の次男坊や三男坊だ。着替えて帰る前に庭の井戸で喉を潤し、ついでに汗を流すつもりらしい。

嘉永《かえい》二年も三月を迎えて、いよいよ桜の時期が目前。肌寒い日もあるものの今日は朝から暖かく、降り注ぐ西日を浴びているだけで汗ばむほどだった。

「あー、さっぱりするのう」

「甘露《かんろ》、甘露」

門人たちは交代で水を汲み上げ、嬉々として喉を潤す。

江戸城を間近に臨む、九段坂の界隈の井戸は掘り抜きではない。得られるのは地下水ではなく木製の管を通してもたらされる上水《じょうすい》だが、地中深くを通ってくるので程よく冷え、飲んでも浴びても気持ちがいい。

小次郎は素知らぬ顔で鉈を振り上げ、打ち下ろす事を繰り返した。

煌《きら》めく陽光の下で庭の木が風にそよぎ、さわさわと音を立てる。

夕暮れ時を前にして、江戸の空は雲ひとつなく晴れ渡っていた。

九

翌日早々から、歓之助は稽古場への出入りを許された。

「エイ、エイ、エイ！」

響き渡る気合いの声は、常にも増して力強い。

堪《たま》らないのは、相手をする門人たちだ。

「わ……若先生……ご、ご容赦を……」

「うぬっ、弱音を吐いて何とする！」

逃げ腰になっても有無を言わせず、歓之助は声を張り上げる。

「いま一度！　全力で掛かって参れ‼」

宗家の息子が稽古を付けてくれる以上、逃げてはいられない。

否応無しに列を成しながらも門人たちは面鉄の下で揃って表情を強張らせ、ひそひそ言葉を交わしていた。

「若先生は何とされたのだ？　稽古を禁じられ、間《はざま》の勉強を見る事になっておったはずだぞ」

「その儀ならば、弟御に任せられたそうだ」

「四郎之助様に、か？」

「うむ。しかも五郎之助様まで手伝っておられるそうだ」

「何と……」

「先生がお認めになられたからには、是非もあるまいよ……」

たった一日で復活した鬼歓に、門人たちは溜め息を吐《つ》くばかり。

歓之助は我が儘を言って、弟たちに押し付けたわけではなかった。

己の都合で役目を投げ出したのであれば、命じた弥九郎が許すはずもない。

四郎之助から小次郎の勉強を見てあげたいと申し出たが故に、認められたのだ。

変わったのは、末弟の五郎之助も同じである。

以前は手習い塾から帰ってくると遊んでばかりで、お復習《さら》いする素振りさえ見せずにいたのが、今は小次郎に手本を示すべく自ら進んで取り組んでいる。

弥九郎が承認したのは、幼い息子たちのためになると見なせばこそ。

宗家が下した判断に対し、門人が異を唱えるわけにもいかない。

「次っ！」

「は、はいっ」

鋭く歓之助に促され、先頭に並んでいた門人が慌てて進み出る。

戦々恐々《せんせんきょうきょう》としながらも、今は励むより他になかった。


そんな調子で五日が経った。

四郎之助の授業を終えた小次郎は、井戸端で洗濯中。

一人しか抱えていない女中が急な用事で実家に帰ってしまい、岩が困っているのを見かねて申し出た事であった。

山と積まれた汚れ物をせっせと洗う傍らでは、象がお手玉に熱中していた。

子どもが物を覚えるのは早い。さすがに綾回しまでは手に負えないものの、三つのお手玉を受けては放る順回しが、拙《つたな》いながらも出来ている。

「ヤーッ！」

稽古場からは今日も歓之助の気合いの叫びと、激しく打ち込む竹刀の響きが絶える事なく聞こえてくる。

幼子が耳にすれば驚いて泣き出しかねない音だったが、象は全く気にしていない。

「くまさんくまさん、すごいでしょ?」

目を輝かせて自慢しながらも、表情は真剣そのもの。まるい頬を引き締めて、ひとつたりとも落とすまいと懸命だった。

「お見事ですぞ象様。それ、その調子にござる」

小次郎は励ます一方で手は休めず、灰汁《あく》で汚れを落とした洗濯物を次々に濯《すす》いでは絞るのに忙しい。

そこに一人、門人が姿を見せた。

よろめきながら稽古場を抜け出して廊下を伝い、庭に降りて来たのは、門人仲間を煽《あお》って小次郎を馬鹿にしていた、御家人の次男坊だ。

いつもの猛々《たけだけ》しさは何処へやら、息も絶え絶えになっていた。

「は、間殿……水を汲んではもらえぬか……」

懇願する声は弱々しい。

「心得申した。さ、ご存分にお飲みなされ」

すかさず小次郎は立ち上がった。

サッと井戸に釣瓶《つるべ》を下ろし、なみなみと満たして引っ張り上げる。

「か、かたじけない」

門人は釣瓶ごと受け取って、冷たい水を貪《むさぼ》り飲む。

「……あー、生き返った心持ちだ」

「それは何よりにござった」

「まことに助かった。今日の若は、常にも増して厳しゅうてな……」

釣瓶を返しながら告げる口調に、日頃のとげとげしさはない。小次郎に感謝すると同時に、気も許していた。

「難儀な事とは存じますが、ご精進《しょうじん》くだされ」

「うむ、かたじけない」

白い歯を見せて礼を述べ、門人は稽古場に戻って行く。

入れ替わりによろめき出て来た面々も、以前とは様子が違っていた。

「おお、すまぬな」

「あー、まさに甘露だ……」

小次郎が汲んでやった水をごくごく飲んで、門人たちは安堵の面持ち。

「邪魔したな、間」

「滅相もない。お疲れ様にござる」

「かたじけない」

労をねぎらうのに会釈を返し、門人たちは庭を後にした。

廊下を渡って向かう先は稽古場。

喉の渇きを癒して息を調《ととの》えた上は速やかに、立ち戻らなくてはならない。

一歩近付くごとに、耳を打つ竹刀の響きが激しさを増していく。

「まことに凄まじい気迫だな……」

「大きな声では申せぬが、まさに鬼歓極まれりだぞ……」

「このままでは身が保《も》たぬ。早う間《はざま》を入門させ、相手をしてもらわねば……」

散々にしごかれた後なればこそ、呟く声には本音が出ていた。

小次郎が自分たちの上を行く実力の持ち主なのは皆、最初から承知している。歓之助が格好の稽古相手と見なし、内弟子にしたいと望むのも当然と分かっていたが、それでは古参の門人としての面目が丸潰れだ。

故に勝負を避けて嫌がらせを繰り返し、入門する気を萎えさせようと企んだものの小次郎は一向にへこたれない。稽古場の掃除の割り当てを不当に増やされても文句を言わず、歓之助に言いつける素振りも見せずに、毎日黙々と励んでいる。洗濯の最中に井戸端に押しかけても嫌な顔ひとつする事なく、わざわざ水まで汲んでくれた。

　これでは嫌がらせをする程に、自分が悪者であるかのように思えてしまう。

　歓之助からだけ贔屓《ひいき》をされていれば腹も立つが、小次郎は幼い五郎之助と象、そして人見知りをする四郎之助まで味方に付け、岩からも感謝をされて止《や》まずにいる。

　弥九郎からだけは公平に吟味するためか我関せずを決め込んでいるが、悪い印象など抱いていまい。十中八九、入門は決まりと見なしていいだろう。

「後五日の辛抱か……」

「致し方あるまい。及ばずながら、せいぜい励むとしようぞ」

　声を潜めて励まし合い、門人たちは稽古場の前に立つ。

　この練兵館で剣を学ぶ面々に、性根《しょうね》の曲がった輩はいない。

　もとより一本気であればこそ、小次郎が歓之助を追い込む場面を目《ま》の当たりにして危機感を覚え、刀まで持ち出すに及んだのだ。

　素直な者は過ちに気付けば反省し、態度を改めるのも早かった。

　その頃、小次郎は洗濯を終えようとしていた。

最後に洗い上げたのは、弥九郎の下帯《したおび》。

濯いだのを絞って盥《たらい》の水を捨て、他の洗濯物と一緒にまとめて抱え上げる。

象はサッとお手玉を受け止めて、遅れまいと後に続いた。

「くまさん、まってよう」

「はい、はい」

ちょこちょこ付いてくるのに合わせて歩みながら、小次郎は胸の内で呟く。

(後五日……一気に片を付けたら、おさらばじゃ)

そう心に決めてはいるものの、表情は冴えない。

住み込む許しを得たものの、弥九郎になかなか近付けずにいたからだ。

食事の席以外では顔を見せる事すら無く、夜は勉強疲れで寝てしまうので、寝所に忍び込む事もできずにいる。もとより気を張って過ごしている事もあり、睡魔に勝つのは至難であった。

急がば回れと割り切って、好機が訪れるのを待つのはいい。

だが、日を追うごとに小次郎は迷いが増していた。

斎藤家の人々も練兵館の門人たちも、お人よしばかりである。

故に早々《はやばや》と取り入る事もできたのだが、騙《だま》しているのが心苦しい。

（鳥居様は揃いも揃って、悪人ばかりじゃと言うちょったけど……。ほんまにこれでいいんか？）

降り注ぐ陽射しの下で自問し、いかつい顔を曇らせずにはいられなかった。

十

公儀が定めた刑罰の一つに、預《あずけ》がある。

罪状に応じて日数を決められ、自宅等で謹慎して過ごす禁固刑で、庶民の場合には牢獄に繋がれる程の悪行に及んでいない、微罪の者が対象とされた。

それでも罪人となったからには我が家でも気を抜く事を許されず、当然ながら外出は禁じられ、近所へ用足しに出るのもままならない。

逃亡したと見なされれば家族ばかりか隣人まで責任を問われるため、自ずと周囲は厳しく監視をするようになる。その上に手鎖《てぐさり》と呼ばれる、重い鉄の手錠をされたままで暮らさなくてはならない。存外にキツい仕置であった。

武家では手鎖こそ免除されるが、謹慎中の監視は厳重。

大身《たいしん》の旗本や大名が対象の永預《ながあずけ》は特に厳しく、家財を没収された上で遠国《おんごく》の大名家に身柄を預けられるため、実態は流刑に等しい。

職務怠慢の咎《とが》で南町奉行の任を解かれた鳥居耀蔵に裁きが下り、讃岐国の丸亀藩に身柄を送致されたのは四年前、弘化《こうか》二年（一八四五）十月の事だった。

預け先に送致された罪人は屋敷の一室に幽閉され、預かる側は昼夜交代で見張りを立てて、食事も提供しなくてはならなかった。

それでも期間が決まっていれば我慢はできるが、永預は無期徒刑《とけい》。

同じ終身刑でも遠島ならば、将軍家に跡継ぎが誕生する等の慶事で恩赦《おんしゃ》される希望を持って過ごせるが、永預は解放される可能性が皆無に等しかった。

身柄を預かる側の負担も、遠島と永預では差が大きい。

島に送られた流人《るにん》は自ら食い扶持《ぶち》を稼ぐのが決まりで、身内の支援を受けられぬ者は畑仕事や水汲み等に汗を流して日々の糧《かて》を得させれば良いが、永預の旗本や大名に労働させるわけにもいかず、生かしておくほど費《つい》えがかかる。

耀蔵を預かって四年目を迎え、丸亀藩の上層部は決断した。

家中《かちゅう》から腕が立つ者を選んで亡き者とし、病死したと装って処理をする——。

負担が苦になる事だけを理由にして、決定に至ったわけではない。

それは幕府の意向を汲んで、密かに立てられた計画だった。

古来より永預の刑に処されるのは、政《まつりごと》に関わりを持った者が多い。

元老中首座の水野忠邦の下で幕政改革に加わった耀蔵も例外ではなく、南町奉行に任じられる以前は目付として暗躍し、表沙汰にはできかねる、幕閣のお歴々にとって命取りとなる事実まで知り尽くしていた。

もしも耀蔵を預かったのが薩摩《さつま》藩の島津《しまづ》家や長州《ちょうしゅう》藩の毛利《もうり》家の如く、祖先が関ヶ《せきが》原《はら》の戦いで徳川《とくがわ》方に敗れ、立場の弱い外様《とざま》大名にされた恨みを未だ忘れぬ大名家ならば手厚くもてなし、利用しようと考えた事だろう。

だが、京極家は同じ外様大名でも幕府の信頼が厚い。

職務怠慢の咎《とが》で切腹まで申し付けるわけにはいかず、やむなく裁きを永預に留めたものの、幕閣のお歴々が可能ならば耀蔵を葬《ほうむ》り去り、口を封じたいと願って止まずにいるのは、もとより承知の上だった。

永預となって四年目に動き出したのも、頃合いと見なせばこそ。

かつて耀蔵は多くの密偵を使役する一方で子飼いの剣客《けんかく》を差し向け、逆らう者を闇に葬る事も厭《いと》わなかったものである。

故に蛮社《ばんしゃ》の獄《ごく》を引き起こし、妖甲斐と恐れられたのだが、幽閉されて久しい今は何の力も持ってはおらず、報復される恐れもない。

幕閣と示し合わせて提出する病死の届けを受理してもらい、刺客《しかく》の役目を果たした者の口を封じてしまえば、事は済む。そうやって使い捨てるつもりで選んだ小次郎が標的の耀蔵に丸め込まれ、脱藩に及ぶとは誰も思っていなかった。

様子がおかしいと気付いたのは、幽閉した屋敷に出入りの医師。

最初に暗殺する役目を命じられたものの、医術の心得を持つ耀蔵には毒を盛っても勘付かれてしまうため、代わりを務める事になった小次郎の見届け役を仰せつかっていたのである。

報告を受けて捕方が駆け付けた時には遅く、既に領外へ逃れた後だった。

もしも小次郎が公儀に訴え出て、暗殺を命じた事が露見すれば万事休す。

何としても身柄を押さえ、口を封じねばなるまい——。

江戸は虎ノ門《とらのもん》の藩邸に国許から急使が走った事を、当の小次郎はまだ知らない。

試しの期間の九日目、小次郎は弥九郎の言い付けで使いに出た。

九段坂の界隈には武家屋敷が多い。

将軍家のお膝元だけに住んでいるのは旗本、それも御大身の者たちである。

用事を済ませ、大きな屋敷の連なる坂道を登っていく小次郎の足は速い。

頼まれたのは、岩のために注文していた簪《かんざし》を受け取る役目。贅沢を戒《いまし》めている日頃の罪滅ぼしに贈ろうと、かねてより頼んでおいた品であった。

（ふふっ、隅に置けんお人じゃ……）

日暮れ時の坂道を駆ける、小次郎の表情は明るい。

そんな感情を抱く程に、今は弥九郎を好もしく思っている。

耀蔵には悪いが、命を断つ任は果たせそうにない。

その代わり、練兵館に入門する事も諦める積もりであった。

簪を玄関に置いて立ち去り、江戸を出てから行く先まではまだ決めていなかったが歓之助に聞いたところ、武者修行の者は行く先々で意外な程に歓迎されるらしい。無名の剣士であっても志を持ち、修行に見合った腕を示せれば逗留するのを許され、糊《こ》口《こう》を凌ぎながら上達を期する事が可能であるという。

そうと分かったからには、何も迷う事はない。

敬意と親愛の情を抱くに値する人々を裏切らずとも、世に出る事は叶うのだ。

岩から貰い貯めた駄賃は草鞋銭程度のものだったが、それでいい。

足軽《さわ》でも士分、それも目的が武者修行であれば道中手形は不要のため、江戸を出るのに障りはなかった。

足取りも軽く、小次郎は坂道を駆け上がる。

行く手を阻まれたのは、千鳥ヶ淵《ちどりがふち》まで来た時だった。

「待てい、間小次郎！」

「これより先には行かせぬぞ！」

威嚇する一団が被《かぶ》っていた、陣笠の家紋は菱四つ目《ひしよめ》。

丸亀藩主の京極家に仕える臣として白昼堂々、捕縛しに来たのだ。

「何じゃ、ここは丸亀ん御城下じゃなかぞ！」

慌てながらも、小次郎は気丈に言い返した。

しかし、誰も戸惑いなど見せはしない。

こちらを見下《みくだ》した表情で、薄ら笑いまで浮かべていた。

「あっぱ（呆れた）顔して、何見よんぞ！」

「呆れもするわ。この阿呆《あほ》め。踊らされたのが、まだ分からぬのか」

憎々しげに吐き捨てたのは、一団を率いる藩士。

詰め寄りざまに告げたのは、思わぬ一言だった。

「鳥居が全て白状しおったぞ」

「えっ……」

「私怨を晴らさんと指嗾《しそう》し、江戸に差し向けたは短慮の極み。命だけは助けてくれと涙ながらに言いおった。吟味を始めて早々に明かされた故、責め問いも辞さぬ覚悟をしておられた国表のお歴々も、拍子抜けなさったそうだ」

「う、嘘じゃ！」

小次郎は咄嗟《とっさ》に叫んだ。

有り得ない事である。

弥九郎を討って欲しいと頼んだ耀蔵は、小次郎に信頼を預けたはず。

事の是非はどうあれ、我が身可愛さであっさり裏切るとは考え難い。

「………」

「ふっ。その様子では、木乃伊《みいら》取りが木乃伊になったらしいの」

黙り込んだのを見やり、藩士は笑って言った。

「足軽の倅風情が入り込んでは、練兵館の名が泣こうというもの……斎藤殿には感謝をしてもらわねばならぬのう」

「左様、左様」

「ははははは」

「くっ……」

侮蔑の笑みを浮かべる面々に、小次郎は嫌悪の念を覚えて止《や》まなかった。

国許での立場を顧みれば、何を言われても仕方があるまい。

だが、卑屈になってはなるまいと今は思う。

練兵館に身を寄せて、小次郎は気が付いた。

家柄や身分が無ければ肩身が狭いというのは、ただの思い込みに過ぎない。

己自身の才を見出して、磨きをかける努力さえ怠らなければ、人はふさわしい地位を得られる。他ならぬ弥九郎が若い頃から実践し、証明してみせた事なのだ。

おぼろげながら先行きが見えてきたのに、邪魔をされたくはない。

「茶番はこれまでじゃ。同道せい、間」

笑いを収めた藩士が、手にした竹鞭をずいと突き出す。

配下の面々も両手を体側《たいそく》に下ろし、いつでも抜刀できる姿勢を取っている。

外出時のため、小次郎は大小の刀を帯びている。

腕が立つのも分かっている以上、抵抗されれば生け捕りにするのを断念し、この場にて斬り捨てねばなるまい。

大名家が臣下の者を裁くのは勝手であり、江戸城を間近に臨む場所であっても罪に問われる事はない。

小次郎にできるのは大人しく捕まるか、この場で斬り死にするかの、いずれかしかなかった。

「……くっ！」

堪らずに鯉口を切ろうとした刹那、坂の上から呼びかける声が聞こえて来た。

「遅いぞ、何をぐずぐずしておったのか」

「先生……」

「夕餉の席で妻《さい》を喜ばせてやりたいと申したであろう？　明日は目出度《めでた》い入門の儀を執り行わねばならぬのに、がっかりさせてくれるなよ」

告げながら坂道を下る弥九郎は、居並ぶ面々の事など意に介していなかった。

悠然と歩みを進めながらも、漂う貫禄は皆を圧倒して余りある。

刀に手を掛けるまでもなく、一同の戦意を喪失させていた。

それでも藩士が食い下がったのは、職務を全うしなくては立場が無い故の事。

「じ、邪魔はさせぬぞ！」

びゅっと唸りを上げた竹鞭が、弥九郎に迫る。

その先端がすぱりと断たれた次の瞬間、どっと藩士は倒れ込む。

抜き打ちにした脇差を反転させ、柄頭《つかがしら》で鳩尾《みぞおち》を突いたのだ。

「各々方《おのおのがた》も退散なされ。この者の身柄は当道場にて預かる故、ご異存があれば改めて参られるがよろしかろう」

微動だにできずにいる一同にそう告げると、先に立って歩き出す。

「早う参れ、間」

「さ、されど……」

「象がお手玉を見てもらうのだと言うて、駄々を捏《こ》ねておるのでな……。おぬしでなくば手に負えまいよ」

肩越しに促す言葉に、責める気配は皆無だった。

十一

暮れなずむ空の下、鳥居耀蔵は夕餉を済ませたところだった。

幽閉先の屋敷に身柄を戻されはしたものの、扱いは以前にも増して厳しい。食事の献立も罪人さながらの麦飯に汁と漬け物のみの、侘しいものである。

膳を下げられた一室が、ふっと暗くなった。

日が沈んだ後は明かりを用いるのも許されず、闇の中で過ごすより他にない。

座したまま目を閉じて、耀蔵は胸の内で呟いた。

（生きるも死ぬも当人次第。荒療治とは、そういうものぞ……）

小次郎をそそのかし、脱藩させた事である。

討ち取る事ができるとは、最初から思っていなかった。

斎藤弥九郎は耀蔵を追い落とした江川英龍の片腕にして、剣客《けんかく》の域を超える卓見《たつけん》の持ち主でもある。多少腕の立つ程度では、足元にも及ぶまい。

にも拘わらず江戸へ向かわせたのは自分が命を断たれるのを防ぐと同時に、腐っているのを見かねたが故の事だった。

弥九郎ならば刃を向けられても容易《たやす》く制し、小次郎を改心させるはず。刺客の任を放棄させるだけにとどまらず、立ち直るのにも手を貸す事だろう。

有意の若者と見立てたからには、良き方向に向かわせたい。

我が身を守ると同時に、救済してもやりたかったのだ。

後に耀蔵は医術の心得を活かし、城下で暮らす人々の治療を無償で行っている。

小次郎に新たな一歩を踏み出させたのは、妖甲斐と呼ばれた男が密かに始めた、罪滅ぼしの始まりでもあった。

第二章　不殺の剣

一

練兵館へと引き上げる道すがら、弥九郎は何も問わなかった。

拍子抜けするほど詮索《せんさく》せず、確認されたのは簪の安否のみ。

小次郎が懐に収めていた簪は、函《はこ》も含めて無事であった。

「おお、手数をかけたのう」

弥九郎は受け取った函の蓋を開け、透かし彫りを夕陽にかざして微笑む。鶴と亀の意匠は凝《こ》っていながら派手過ぎず、岩の普段使いに似合いそうだ。

「絵心の有る御仁に描いてもろうた古い下絵《したえ》が、手文庫の底から出て参ったのだ。簪の注文打ちなど贅沢とは思うたが、そのまま捨て置くのも忍びなくてな」

「ご存じ寄りに、左様な方が居られたのですか」

「渡辺崋山《わたなべかざん》殿と申せば存じておろう。惜しい人を亡くしたものよ……」

弥九郎が悼《いた》んだのは蛮社の獄で罪に問われ、蟄居《ちっきょ》を強いられた末に自刃《じじん》して果てた田原《たはら》藩の国家老。共に罪に問われた高野長英《たかのちょうえい》など、多くの蘭学者と交流を持ちながらも譜代大名の家臣としての立場を重んじ、将軍家の政策に異を唱える事を避けていたにも拘わらず有罪と見なされた、悲劇の人物である。

鳥居耀蔵に吹き込まれた悪評を、今や小次郎は鵜呑みにしていない。

これから先は何事も己の考えで答えを出し、事を成したい。

そう心に決めていたが、問題は丸亀藩。斎藤家の人々や門人衆にまで迷惑が掛かるとなれば、練兵館に留まるわけにはいくまい。

「先生、先程の者たちの事にござるが……」

「子細は申すに及ばぬ。早う参れ」

函に戻した簪を懐にして、弥九郎は再び歩き出す。

それ以上は何も言えず、黙って後に続くより他にない小次郎だった。

夕餉の席に集まった斎藤家の人々も、示す態度は同じであった。

入門の儀を翌日に控えていながら、歓之助は何も言ってこない。

食欲が旺盛なのは、稽古三昧《ざんまい》の毎日を過ごすようになったが故の事である。

「母上」

告げると同時に差し出したのは、味噌滓《かす》まで残さず平らげた汁の椀。

「まぁ歓之助さん、もう三杯目ですよ」

「ははは……何とかの三杯汁と申されたいのですかな」

「いいえ、旦那様に似てきたなぁと思うただけですよ」

「父上に、ですか？」

「稽古に励んでおられると、体が塩気を欲しがるのでしょう」

「はい、合間《あいま》に梅干しをしゃぶるだけでは足りませぬ」

「新太郎さんも同じ事を言うておりましたよ。武者修行の旅先でお世話になっている処《ところ》でも、三杯汁を所望しているのかしらねぇ……」

鉄鍋から汁をよそってやりながら、岩は微笑む。

練兵館の門人たちが稽古の前後に摂《と》る食事に味噌汁が出るのは、朝食のみだ。それも一日おきという決まりで、普段のおかずは漬け物だけだが、斎藤家では夕餉にも必ず汁が付く。家族だけ特別扱いをしたいわけではなく、育ち盛りの子どもが居ればこその母親らしい配慮であった。

今宵の膳に供された汁の具は、春大根と油揚げ。

岩はしっかり油抜きをした上で、味噌汁にごま油をたらすのが常である。拍子木《ひょうしぎ》に刻んだ大根に程よく香味が絡んで、歓之助ならずとも食が進む。

「母上の味噌汁は格別ですな。阿呆の三杯汁と言われても止められませぬよ」

「まぁ、旦那様みたいな事ばかり言って」

岩は照れ臭そうに微笑んだ。

話題の主の弥九郎は何も口を挟まず、黙々と飯を嚙むばかり。

行儀の良い四郎之助はむろんの事、五郎之助も大人しい。

常と変わらぬのは象だけだった。

「ちちうえー、あほってなーに？」

「人を悪《あ》しざまに言う言葉だ。上方《かみがた》では軽口《かるくち》の常套句《じょうとうく》なれど、そなたは真似をしてはいかんぞ。世の中には冗談が通じぬ輩も多いからの」

愛娘《まなむすめ》に問われて答える、弥九郎の態度はあくまで真面目。

「はーい」

象は可愛く答えると、食事の続きに取りかかる。

難しい事は分からぬまでも親に注意をされれば逆らわぬのが、おてんばながら素直な象の良いところ。夕餉の前に小次郎を捕まえて、ついに綾回しまで出来るようになったお手玉を存分に披露したので、十分に遊び足りてもいたのであった。

「さ、お飲みなさいな」

岩は大きな十瓶《どびん》を持ち、食べ終えた者の飯碗に白湯《さゆ》を注いで廻る。

「ありがとうございます、ははうえ」

「ありがと」

五郎之助と象が仲良く喉を鳴らす頃には、大人たちは食事を終えていた。

「ごちそうさまでした」

「ごちそうさまー!」

飲み干した碗を置き、幼い兄妹はまるっこい手を合わせる。

「されば、お先に失礼します」

四郎之助は折り目正しく一礼し、二人の手を引いて子ども部屋に戻っていく。

「さて、もう一汗掻くとするかな……」

歓之助はひとりごち、すっと腰を上げた。

食後の白湯を飲み終えた弥九郎も、箱膳に碗を戻して立ち上がる。

象に注意を与えた他は、一言も発していない。

小次郎が丸亀藩士の一団に連れ去られそうになった事はもちろん、明日の入門の儀についても、何ひとつ言わずじまいだった。

「あの、先生」

不安に駆られた小次郎が呼び止めても、弥九郎は応じない。

「大儀であったの。今宵は早う休めよ」

背中越しに告げる弥九郎の懐には、簪の函が大事に収められていた。夕餉の席にて披露すると小次郎に言ったものの恥ずかしくなったらしく、岩が火の始末をして寝間に来るのを待ち、二人きりになったところで渡す積もりと見える。

いつもであれば微笑ましく思える素振りも、今の小次郎には何も言えない。

何も知らぬ岩が台所に立ち、奉公人たちも各々の部屋に引き上げていく。

手狭な食堂も、ひとりになるとやけに広い。

胸中が不安で一杯の今は、尚の事だった。

「ご新造様、何かお手伝いを……」

「お気遣いには及びませんよ。早うお休みなさいまし」

答えながらも、岩は鍋を洗うのに忙しい。

誰も進んで小次郎に話しかけず、声を掛けられても二言三言しか答えぬのは、入門の儀を明日に控えた立場を、気遣ってくれての事なのだろう。

今日まで寝食を共にし、内弟子として迎えるに申し分ないと判じたものの、あからさまに肩を持つわけにはいくまい。

練兵館には入門を志願し、各地から出て来た塾生が寄宿している。

後の世に『塾中懸令《じゅくちゅうけんれい》』として伝わる一門の規則に従い、弥九郎の指導の下で文武の両道に励む面々は、少ないながらも謝礼を月々きちんと納め、盆暮れには祝儀を欠かさず用意する。

彼らの身の周りの世話をするのも、小次郎の役目のひとつであった。

今日も象にせがまれてお手玉を拝見した後、稽古場の奥に設けられた塾生の部屋に足を運んで慌ただしくも滞《とどこお》りなく、夕餉の配膳を済ませて来た。いつも任されている者が折悪しく不在との事で、一手に担わされた役目だったが、何とか今日まで独りでこなしてきた。

今のところ、表立って敵意を示す者は皆無である。

道場に乗り込んだ日に小次郎に刃を向けたり、数日に亘《わた》って反感を露《あら》わにしたのは通いの門人ばかり。塾生たちは誰もが皆、我関せずを決め込んでいる。

そんな彼らも正式に内弟子として迎えられ、共に稽古をする事になれば、いつまでも同じ態度を保ってはいられまい。明日の入門の儀についても、祝福されるところを目《ま》の当たりにしたり、褒められていたと伝え聞けば面白くはないだろう。

小次郎が必要以上に悪く思われるのを、防ぎたい。

そんな斎藤家の人々の配慮が伝わってくればこそ、当人としては余計に耐え難い。

しかも内弟子を志願したのは偽りに過ぎず、本当の目的は、弥九郎を亡き者にする事でしかない。皆に庇《かば》ってもらえる立場とは違うのだ。

「お内儀《ないぎ》様……」

堪《たま》らずに白状しようとしたものの、小次郎は言葉に詰まる。

全て偽りだったと知られれば、斉藤家の人々が失望するのは目に見えている。

歓之助は激昂し、象は泣き出す事だろう。命を狙われた弥九郎には問答無用で刀を抜かれ、成敗されたとしても仕方があるまい。

小次郎は黙って腰を上げ、食堂を後にした。

玄関脇の小部屋に戻り、壁際に横たえていた刀を取る。

脇差に添えて帯びたのは団扇作りの内職の上がりをくすねた銭を貯め、丸亀城下の刀屋で買い求めた一振りだ。

戦国の乱世に量産された数打ち物だが、定寸より短い二尺二寸（約六六センチ）の刀身は、身の丈が五尺足らずの小次郎にも扱いやすい。無駄に動かず一挙動で、自在に抜き打つ事が可能であった。


この一振りで斬る積もりでいた相手に対し、今は親愛の情しか抱いていない。

だが、当初に邪《よこしま》な考えを抱いて練兵館に現れたのは消せぬ事実だ。

弥九郎が認めてくれた以上、入門の儀には謹《つつし》んで臨まねばなるまい。

問題は、その後の身の処し方だ。

練兵館の庇護の下、剣の修行に打ち込んでいれば良いとは思えぬし、丸亀藩がこのまま放っておくとも考え難い。

「……」

大小を帯びたまま、小次郎は部屋を後にした。

背中を向けた稽古場からは繰り返し、竹刀を振るう音が聞こえてくる。

歓之助が食休みもそこそこに、素振りに励んでいるのだ。

三和土に草履を揃えて履き、小次郎は玄関から表に出た。

正面に立ち、庇《ひさし》を振り仰ぐ。

九段坂を昇った上にそびえ建つ、練兵館は二階建て。

澄みきった夜の空気の中で、威風堂々のたたずまいを示していた。

二

そんな小次郎の苦悩など知る由もなく、歓之助は夜更けの稽古場で黙々と素振りを繰り返していた。

もとより明かりは灯しておらず、武者窓越しに淡い月の光が射すばかり。

「むん！」

暗がりの中で竹刀を振るう、歓之助の表情は明るい。

明日の入門の儀さえ終われば、晴れて小次郎と稽古に取り組める。

塾生たちから反感を買うのを避けるため、あからさまに褒める事は避けてきたが実のところは期待で一杯。小次郎が日々の務めに真面目に取り組む様を横目にしながら、募る期待を抑えて過ごしていた。

(間《はざま》の奴も落ち着かぬ様子だったな……ともあれ、首尾よう事が運んで何よりだ……ふふっ、俺も励んだ甲斐があるというものぞ)

思わず緩んだ頬を引き締め、びゅっと竹刀を打ち下ろす。

（それにしても、ご隠居先生と弥助《やすけ》が不在なのは幸いだったたな。間《はざま》が乗り込んで来た折にもしも居合わせれば早々に叩き出され、入門どころか試しを許される事さえ叶わなんだであろうよ……）

素振りしながら胸の内で呟いたのは客分として練兵館に身を寄せる、些《いささ》か訳ありの二人の剣客の事だった。

ご隠居先生こと岡田利貞《おかだとしさだ》は、当年取って五十六歳。

父の弥九郎が神道無念流を学んだ撃剣館《げきけんかん》の主だった、岡田十松吉利《おかだじゅうまつよしとし》の嫡男だ。

弥九郎が恩師の子息である利貞を隠居させ、流派の道統を代々受け継ぐ立場までも取り上げたのは、最初から不義理を働く積もりで為した事ではない。

若い頃に熊五郎《くまごろう》と名乗り、旗本の根来和泉守《ねごろいずみのかみ》に仕えていた利貞は、文政《ぶんせい》三年（一八二〇）に急逝《きゅうせい》した吉利に代わって撃剣館を継いだものの、酒色遊興の度が過ぎて多額の借金を抱えており、稽古にも奉公にも身を入れなかったという。その当時の放《ほう》蕩《とう》癖は未だ治らず、このところ外泊続きで、全く顔を見せずにいる。

（付け馬まで寄越して、父上も母上もご苦労が絶えぬ事だ……）

月明かりの下で竹刀を振りながら、歓之助は胸の内でぼやく。

それなりに分別の有る今でさえ平気で遊郭のツケを廻してくるのだから、若い頃は手の付けられない有り様だったと、想像せざるを得まい。

余りの不行跡を見かねた弥九郎は後見《こうけん》に努《つと》めたものの行状は一向に改まらず、やむなく利貞の弟で元服間もない十五郎《じゅうごろう》に撃剣館を継がせるため、同門の江川太郎左衛門英龍と共に奔走した。もちろん当人が自慢をしたわけではなく、二人の兄弟子《でし》だった剣客たちから、思い出話として聞かされた事であった。

恩師の息子たちを自立させる見通しこそ立ったものの、若い十五郎に荷が重い流派の道統については、僭越《せんえつ》ながら継承しようと決意したのだ。

かくして再興された撃剣館は今も神田の猿楽町《さるがくちょう》に在り、利章《としあき》と名を改めた十五郎は岡田十松の三代目として、多くの門人を抱えている。師匠筋に当たるため弥九郎は礼を欠かさず、折に触れて足を運んでいた。

対する利章は挨拶を受けるばかりで、弥九郎はもとより英龍に対しても進物をするどころか挨拶に出向く事さえしない。道場主に相応《ふさわ》しい実力を培《つちか》うため、英龍が代官として務める伊豆の韮山に引き取られて文武両道の教えを受けた上、病を得て療養を余儀なくされていた間も面倒を見てもらっていながら、呆れたものだ。

そんな弟と折り合いが悪く、練兵館に居候として転がり込んだ利貞も、同じ穴の狢《むじな》と言わざるを得まい。

(面と向かっては申せぬ事だが、ああはなりたくないものだ……それにしても弥助は一体、何処に行ってしもうたのか?)

振りかぶった竹刀を止めて、ふと歓之助は思った。

(絞め上げてやった付け馬が偽りを言うておらねば、廓《くるわ》で流連《いつづけ》をしておるのはご隠居先生だけのはず。学問はともかく稽古は一日たりとも欠かさぬ弥助が、半月余りも家を空けるとは……解《げ》せぬ事だ)

仏生寺《ぶっしょうじ》弥助は、歓之助より二つ上の十九歳。

父の弥九郎と同郷の出で、三年前から練兵館に身を寄せている。

最初は下男として働いていたが利貞に剣術の才を見出され、歓之助はもとより兄の新太郎をも凌ぐ実力を発揮するまでになった。

利貞は私生活こそだらしないものの、剣を取っては弥九郎に引けを取らない手練である。その利貞に見込まれて教えを受けた弥助の上達は早く、負けん気の強い歓之助も認めざるを得ない腕利きだ。

それでいて稽古場では遠慮をしがちで、歓之助はもとより今は武者修行の旅に出ている新太郎とも、まともに打ち合う事を避けてばかりで張り合いが無い。

そんなところに来てくれた小次郎は、まさに得難い人材だった。

（弥助も知らぬ間に新参者が来たとなれば、腕を出し惜しんではいられまい。下手《へた》を致せば、己の立場を脅《おびや》かされるのだからな……。ふっ、これから面白い事になりそうだぞ……）

またしても浮かんだ笑みを収め、歓之助は素振りを再開した。

びゅっ、びゅっと唸りを上げる竹刀の捌きは、しなやかにして力強い。

（兄上に弥助、そして間か……俺もうかうかしては居られぬぞ）

競う者が増える以上、こちらも励まねばなるまい。

小次郎の入門が認められた事も、手放しに喜んではばかりはいられまい。

弥九郎が歓之助に更なる奮起を促すべく、内弟子として迎える気になったとも考えられるからだ。

思い起こせば、弥助の入門を認めた理由も同じと言えよう。

好敵手としてあてがわれたのは、年が近い新太郎であった。

剣術の才を見出したのは利貞だが、郷里の村の名前にちなんで仏生寺の姓を与えたのは弥九郎だ。恩師の息子とはいえ居候《いそうろう》に過ぎない利貞が出しゃばり、付きっきりで稽古を付けるのを好きにさせていたのも、いずれ道場を継ぐ立場の嫡男を煽《あお》るためと見なしたのであれば、腑に落ちる。

事実、弥助が早々と免許皆伝に達した事によって、新太郎は奮起した。練兵館で稽古を積むだけでは飽き足らず、武者修行の旅に出る事を認められるまでに上達したのだ。

次はいよいよ、歓之助の番であった。自分を向上させるために小次郎が迎えられたのであれば、期待に応えなくてはなるまい。

(よーし、やるぞ!)

決意も固く、歓之助は素振りを繰り返す。

兄はもとより弥助にも、いつまでも後《おく》れを取ってはいられない。

制するためには小次郎を相手取り、腕を磨くのが早道だ。

(感謝致しますぞ、父上……)

汗まみれになりながら竹刀を振るう、歓之助の顔には満面の笑み。

夜更けの稽古場を独り占めし、嬉々として素振りに熱中していた。

三

その頃、虎ノ門の丸亀藩上屋敷では藩士の一団が揃って正座をさせられていた。

「ふん、まだ黙《だんま》りを決め込む所存か」

緊張を隠せぬ一同を睥睨《へいげい》し、その男は不快そうに顔を歪めた。

彫りの深い顔立ちをした、筋骨たくましい美丈夫《びじょうふ》である。

床の間も立派な設《しつら》えの座敷である。

刀架に飾られた大小の刀の鞘は、藩主の京極家が豊臣《とよとみ》家から授かり、代々受け継ぐ名刀『にっかり青江』と同じく金梨子地《きんなしじ》。

本物と同様の糸巻太刀拵《こしらえ》では儀礼用で日頃から差しては歩けぬため、略式の打《うち》刀《がたな》拵にしているものの、角立《すみたて》四つ目結紋《ゆいもん》と五三《ごさん》桐紋を交互に散らした鞘の意匠も、金襴包《きんらんづつみ》の糸を菱巻にした柄《つか》も、本家と同じ凝った物だ。

豪奢《ごうしゃ》な大小の前にふんぞり返った美丈夫は、傍《かたわ》らに木刀を横たえていた。

柄が黒ずみ、日頃から手慣らしていると分かる。

「ふん、まだ黙《だんま》りを決め込む所存か」

退屈した様子で呟くと、美丈夫は木刀を取った。

「儂もそろそろ痺れが切れた。稽古場に参る故、相手をせい。一人ずつ、話をしたくなるまでしごいてやろう」

「ご、ご勘弁くださりませ！　若のお相手など、とても務まりませぬ故」

慌てて頭を下げたのは一団を率い、小次郎を襲撃した藩士。

その折の不敵な態度とは打って変わり、俯く表情は弱々しい。

居並ぶ面々も同様で、誰一人として美丈夫に応えられずにいた。

「誰も居らぬのか？　まことに情けない限りじゃ」

美丈夫は溜め息交じりに言った。

「それでは足軽如きに後れを取るのも当然ぞ。当家の面汚《つらよご》し共め」

「いえ、決して左様な事はございませぬ」

「ほざくな、阿呆！　いつまで煮えきらぬ事ばかり言うておる⁉」

弁解するのを許さず、美丈夫は吠えた。

「ならば何故、先程から留守居役が右往左往しておるのだ？　そのほうらが手に余る大事でなくば、何もするには及ぶまいぞ」

「そ、それは」

「されば有り体《あてい》に申せ。うぬらを退散させたのは何者じゃ」

言葉に詰まったのを一喝《いっかつ》し、ずいと美丈夫は立ち上がる。

太い腕を伸ばして引っ摑んだのは、藩士の襟首。

六尺豊かな巨漢に締め上げられ、たちまち藩士は白目を剝いた。

「うぐっ……お、お許しを……」

「ならば疾《と》く申すがいい。後れを取った相手は誰なのだ?」

「れ……練兵館の……斎藤弥九郎にございまする……」

「練兵館の斎藤と申さば、神道無念流か」

「ぎ……御意《ぎょい》」

「世に知られた一門の道統を継ぎし手練が何故に、縁もゆかりもない当家に手出しを致さねばならぬのだ。埒も無い事を申すでないわ」

「わ……我らが追い詰めし下郎《げろう》を差し出す事を、拒みおったのです……」

「拒んだとな? 我が京極家の申し出を⁉」

「ぎ、御意」

「ふざけるな! 左様な事があるものかっ」

美丈夫は腕に力を込める。

たちまち気を失った藩士を放り出し、恐怖する一同をじろりと見返す。

「何が起きたか、有り体に申すがいい。ごまかそうとしても無駄な事ぞ」

凄む美丈夫の名は京極清武《きよたけ》、二十八歳。

丸亀五万一千石の次期藩主として京極家の養子に迎えられ、将軍に拝謁が許される日を心待ちにしながら国許で暮らす、京極朗徹《あきゆき》の実の兄である。

兄弟と言っても本妻の子ではなく、清武は妾腹《しょうふく》に生まれた身。

年下でも敬うべき存在の弟を差し置いて独り出府し、江戸の藩邸で大きな顔をしていられるのも、家督を継承する責を担わずともよい、気ままな立場であればこそ。

言わば居候のようなものだが、家中の臣にとっては次期藩主の兄君だ。

軽んじていいはずもなく、日頃から腫れ物に触るかの如く、丁重に接している。

本来ならば耳に入れるべきではない顚末についても、白状せざるを得なかった。

「……成る程のう。聞けば聞く程、不快な話じゃ」

清武は顔を顰《しか》めて言った。

「斎藤弥九郎め、ひとかどの男と思うておったが、所詮は農民あがりの輩に過ぎぬということか……畏れ多くも当家に正面切って逆らいおるとは、呆れ返った慮外者《りょがいもの》ぞ」

怒りを込めた呟きに何も返せず、一同は沈黙するばかり。命じられるがままに全てを明かしたものの、どうやって始末を付ければいいのか分からずにいる。

答えを出したのは、清武だった。

「間小次郎とやら申す足軽の始末は、急がずともよい」

「若？」

「そ、それでは示しが付きませぬ」

「ほざくでない。うぬらでは手に余るのであろうが？」

動揺するのを黙らせると、清武は続けて言った。

「先に痛め付けてやるべきは、斎藤の倅どもじゃ」

「と、申されますと？」

「知らぬのか」

一人がおずおずと問い返すのに、清武は答える。

「斎藤新太郎と歓之助……いずれも若年なれど、神道無念流の道統を受け継ぐに相応しいと評判の、手練の兄弟ぞ」

「その者たちを、如何なる手で懲らしめるのでござるか」

「知れた事、他流試合よ」

「他流試合？」

「練兵館は竹刀剣術を標榜し、異なる流派の者との立ち合いを認めておる。つまりは相手の土俵に上がってやれば、後はどうしようと構わぬ理屈ぞ……そのほうらは儂の薫陶により、木太刀の扱いに慣れておる。玩具に等しき竹刀になど、後れはゆめゆめ取るまいな」

「勿論にございまする」

「左様、左様！」

「よろしい。それでこそ、我が家中ぞ」

一同の答えを耳にして、清武は満足そうに微笑んだ。

「聞いた話によると、新太郎は武者修行の旅に出ておるそうだ。こやつの始末は後の楽しみに取っておき、まずは弟から痛め付けると致そうぞ」

「されば、若御自ら？」

「当たり前じゃ。そのほうらの恥は儂が受けた恥辱に同じ……この手で雪《すす》がずして何とするか」

不敵にうそぶく清武は、口先だけの男ではない。

昨年の暮れに江戸に出て来た目的は剣術修行であり、既に複数の道場に乗り込んで立ち合い、ことごとく打ち破っていた。

六尺豊かな清武が得意とするのは、長い竹刀を用いた突き。

かつて江戸で道場破りを繰り返して旋風を巻き起こした、柳河《やながわ》藩剣術師範の大石《おおいし》進《すすむ》種次《たねつぐ》を真似た戦法である。模倣に留まらぬ技の冴えは大石の再来と恐れられ、市中で道場を構える剣客たちは戦々恐々としている。

もとより金回りが良いだけに、看板を取り上げられた道場はいずれも泣き寝入りをするしかなく、雪辱戦を挑むには相手が悪すぎる。下手に難癖を付ければ大名家に逆らったと見なされて、逆に公儀からお咎めを喰らう羽目になるからだ。

「ふふふ、思わぬ楽しみが出来たのう……」

清武が期待に胸を膨らませるのも当然であった。

これまでにも練兵館には幾度となく挑戦状を叩き付けていたものの、一向に相手にされずにいた。

だが、こたびは事情が違う。

向こうから小次郎の件で異存があるなら来ても構わぬと言われたからには、試合を断るわけにいくまい。

江戸で人気を二分する北辰一刀流の玄武館には、さすがの清武も挑み難い。道場主の千葉周作が大石進と対決し、引き分けに持ち込んだ実績があるからだ。

まして進と互角の勝負を繰り広げ、壮年に至った今も江戸随一の剣豪と評される直心影流《じきしんかげりゅう》の男谷精一郎信友《おたにせいいちろうのぶとも》が構える道場は、勝てる自信が持てぬ以上は避けて通るより他になかった。

そんな心の憂さも、練兵館を制すれば少しは晴れる。

それも弥九郎を相手に選ばず、歓之助に狙いを絞るのだ。

弥九郎は信友と同様、老いても侮り難い相手である。

しかし次男の歓之助は強者と評判を取る反面、若さ故に血気に逸りやすいとも言われている。

鬼歓と呼ばれる突きの名手といえども、十七歳の若造だ。

上手《うま》く煽って動揺を誘えば、こちらも得意の突きで一蹴し得るはず。

必ずや完膚なきまでに叩きのめし、溜飲《りゅういん》を下げてやろう――。

「そのほうら、明日は勤めを休んで構わぬぞ。上位の四人を選ぶ故、心して稽古場に出て参れ」

「はっ！」

口々に応える面々も、先程までとは一転して生き生きとした面持ち。

清武が自ら出張《でば》るのならば心強いと、勢いを取り戻していた。

四

一夜が明けた練兵館で、小次郎の入門の儀の支度が始まった。

　玄関脇の小部屋に運ばれた衣装は、弥九郎のお古の麻裃《あさかみしも》。

　裄丈《ゆきたけ》が合うように、岩がわざわざ仕立て直したのだ。

　日頃は足袋《たび》を履くのも不慣れな小次郎だが、まとってみれば馬子《まご》にも衣裳の譬《たと》えの通り、意外と様になった。

「かっこいいね、こじろうさん！」

　近頃は熊呼ばわりをしなくなった象が、周りをぴょんぴょん跳ねながら囃《はや》し立てるのが愛くるしい。

　釣られて笑みを浮かべながらも甲斐甲斐《かいがい》しく、岩は着付けを手伝ってくれている。

「さぁ小次郎さん、しゃんとしてくださいまし」

「こ、これでよろしゅうござるか」

「はい、そのまま、そのまま……」

　恥ずかしそうに胸を張った小次郎の肩に手を回し、岩は肩衣《かたぎぬ》の皺《しわ》を伸ばしてやる。

　傍らに座して待つ歓之助も、自前の麻裃をまとっていた。

　身許引受人の代わりとなって、入門の儀に立ち合うためである。

　こちらは日頃から着慣れているはずなのに、そわそわと落ち着かない。

「ちと失礼を致します」

岩に断りを入れて、立ち上がる。

「またおしっこなの、あにうえー？」

「やかましい！」

からかう象を叱り付け、あたふたと廊下に出る。

幾らも経っていないのに、早くも三回目だった。

「まぁ、歓之助さんたら」

苦笑しながら、すっと岩は身を離した。

「ご立派なお姿でございますよ、小次郎さん」

「恐れ入ります」

小次郎は照れた様子で鬢《びん》を掻く。

藁《わら》で束ねていた髪は岩が女中に手伝わせ、きちんと結い直してくれた。

頭の鉢の形が良いので、月代《さかやき》を剃った姿はなかなか凛々《りり》しい。

日々の勉強に用いた文机の上には、神文誓詞と入門料の包みが置かれている。

あらかじめ弥九郎から指示を受け、歓之助が昨日のうちに調《ととの》えておいたのだ。

入門料は、昨日まで働いた分の手間賃。

誓詞は夜が明けてから沐浴《もくよく》し、小次郎が自ら筆を執ってしたためた。最初は見るに耐えなかったとは思えぬ程、粗削《あら》りながらしっかりした筆致である。

内容は練兵館の『入塾心得之事』、そして神道無念流の各道場が壁書として受け継ぐ心得を踏まえたものだった。

(武は矛を止むるの義なれば、少しも争心あるべからず……か)

胸の内で呟いたのは壁書の一節。

小次郎が心を入れ換える上で、寄る辺《べ》とすべき言葉であった。


人払いした稽古場には、二つの三方《さんぽう》が用意されていた。

小次郎の前に置かれたのは、重ねて置かれた三つの盃。

傍らの三方には縁起物の勝栗《かちぐり》と乾し鮑《あわび》、昆布の一式が揃っている。

小次郎は酒器を取り、弥九郎の盃を満たす。

一口飲んだ盃をそのまま受け取り、残った酒を小次郎が飲み干す。

それぞれ返盃を二杯飲み、弥九郎は神棚に向き直った。

下に置かれた飾り棚の供物は本来ならば小次郎の負担すべき物だが、入門料とは別に子守りの礼として、岩が買い調えてくれた。

厳《おごそ》かに拝礼する弥九郎に倣い、小次郎は平伏した。

付き添いの歓之助も、深々と頭を下げる。

静まり返った稽古場に思わぬ客が現れたのは、入門の儀が滞《とどこお》りなく終わった直後の事だった。

「お代官様？」

驚く歓之助の視線の先に立っていたのは、裃姿の五十男。

驚く程に目が大きい、貫禄溢れる人物であった。

「頭を下げよ、間《はざま》。このお方をどなたと心得るか」

腰を浮かせかけた小次郎に、弥九郎がすかさず注意する。

「そのまま、そのまま。堅苦しくせずとも構わぬ」

男は鷹揚に告げながら、一同に歩み寄って来る。

江川太郎左衛門英龍、五十一歳。

北条《ほうじょう》氏の家臣を経て徳川将軍家に仕え、直参旗本として韮山代官の職を代々務める江川家の三十六代目当主であった。

韮山代官は役所を兼ねる屋敷を伊豆に構える一方、江戸市中にも公儀から拝領した屋敷を持っている。大川《おおかわ》を越えた先の本所《ほんじょ》なので些《いささ》か遠くはあるものの、健脚ならば九段坂まで歩いて半刻（約一時間）とかからない。

折しもお忍びで出府しており、入門の儀が終わるのを待ち構えていたかの如く、足を運んで来たのだった。

一同は取り急ぎ場を改めて、英龍に挨拶をした。

「は、間小次郎にございます」

「ふむ、そなたが弥九郎の申しておった、新入りの内弟子か……なかなか良き面構えをしておるのう」

「お、恐れ入りまする」

小次郎は平伏したまま、顔を上げられずにいる。

無理もないことだった。

斎藤父子とは昵懇《じっこん》の様子でも、こちらは言われた通りの新参者。

まして足軽の倅では、大名と同じ家格を有する直参旗本の足元にも近寄れない。

だが、当の英龍は平気の平左《へいざ》。

呼びかける口調も、砕けたものだった。

「こちらへ参れ、間」

「いえ、滅相もございませぬ」

「儂が良いと申しておるのだ。近う寄れ」

「は……」

小次郎はそっと視線を上げた。

弥九郎は無言のままで、微かに頷く。

傍らの歓之助も、言われた通りにするようにと、目で合図を送っていた。

「されば、ご無礼をつかまつります……」

「うむ」

おずおずと進み出た小次郎を、英龍は微笑みを浮かべて迎える。

「そなたを見込んで頼みがあるのだが、聞いてくれるか」

「お頼み……にございますか?」

「勿論、只で働けとは申さぬ。それなりの礼はさせてもらうぞ」

じっと見返す視線は力強い。

吸い込まれるような眼力に圧《お》されながら、小次郎は問い返した。

「畏れながら、それがしに何をせよと……」

「何程の事もない。ちと探りを入れてもらいたいのだ」

「お代官様、それは」

思わず口を挟んだのは弥九郎だった。

歓之助も驚いた様子で、英龍を見つめている。

どうやら二人共、あらかじめ意を含められていたわけではないらしい。

「まぁ、待て」

膝を進めようとしたのを押しとどめ、英龍は小次郎に語りかけた。

「つい先頃、本所の外れに新しく町道場が出来た。と言うても、仕舞屋《しもたや》に手を加えただけの代物《しろもの》だがのう」

「その町道場に潜《もぐ》り込めとの仰せにございますか？」

「左様。そなた、随分と察しが良いな」

「い、いえ……」

小次郎は言葉に詰まる。

練兵館にもその積もりで入り込んだとは、とても明かせない。

動揺したのに気付かぬ様子で、英龍は続けて語った。

「主の剣客は、剛田重蔵《おかだじゅうぞう》と申すのだがな。道場と呼ぶのも躊躇《ためら》われる、無頼《ぶらい》の連中が根城にしておる処だ。儂が代物と悪しざまに言うたのも、それ故よ」

「左様にございますのか……」

「その剛田道場に不審の儀があってな。何やら、よからぬ事を企んでおるらしい」

「よからぬ事？」

「有り体に申せば、盗っ人一味の疑いが懸かっておるのだ」

「盗っ人！」

　小次郎は思わず声を上げた。

　構う事なく、英龍は続けて言った。

「儂が預かる天領を脅《おびや》かせし、許し難い一党よ」

「お代官様」

　弥九郎がまた口を挟んだ。

「その儀ならば、それがしが仰せつかったはずでござるぞ」

「ふっ、もとより承知の上じゃ」

　気色《けしき》ばむのを笑顔で見返し、英龍は言った。

「おぬしが調べを付けてくれたおかげで、敵の根城は判明致した。されど、ここから先は若い者に任せるべきであろうぞ」

「しかし」

「おぬしも儂も若うはない。共に甲州路《こうしゅうじ》を歩いたのは何年前だ？」

「……十余年も昔の事にござる」

「そうであろう。まだ歓之助がよちよち歩きの頃じゃ。ははは、懐かしいのう……今の象に劣らぬ、いたずらっ子であったのを思い出すわ」

「か、からかわないでくださいませ」

顔を赤くして、歓之助が抗議した。

弥九郎も、息子を注意するどころではなかった。

「お代官様、それがしには何を申し付けられても構いませぬ。もとより大恩を受けし身なれば、幾つになろうと老骨に鞭打って、ご期待に沿う所存にござれば……されど間《はざま》は若年にして、内弟子に迎えしばかりにござる」

「まぁまぁ、落ち着け」

父子に向かって手を打ち振ると、英龍は小次郎に視線を戻す。

「儂も人を見る目は有る積もりじゃ。それに誰彼《だれかれ》構わず事を申し付ける程、配下が足りておらぬわけでもない……これなる間《はざま》は密命を任せるに相応しいと、見込んだ上で参ったのだ」

「それはまた、如何なるご所存で!?」

無礼を承知で、歓之助が身を乗り出そうとする。

サッと腕を伸ばして止めたのは、弥九郎だった。

「……成る程、お調べを付けられたのですか」

問いかける口調は、一転して慎重そのもの。

答える英龍も、朗々とした声を低めていた。

「うむ。おぬしが内弟子を取りたいと申しておった故、早々にな」

「左様にござったか……されば、是非もありますまい」

「得心してくれたか、弥九郎」

「はい」

「父上……」

歓之助は戸惑うばかり。

頷き合う二人が何を知っているのか、全く訳が分からない。

だが、小次郎は既に察しが付いていた。

英龍は、こちらの素性を承知している。

そして弥九郎も薄々勘付いており、今の言葉を聞いて確信したのである。

宗家の命を狙って練兵館に入り込んだ小次郎に、しかるべき責任を取らせたい。

同じ門下で剣を学んだ英龍に至っては、使い捨てても構うまいと考えているのかも知れない。

耀蔵が言っていた通りのやり手であれば、十二分に有り得る事だ――。

「左様に考え込むには及ぶまいぞ、間」

英龍が穏やかに語りかけてきた。

「儂とて素人に無理難題を強いる積もりはない。そなたには素質が有るし、敵方には先遣《せんけん》の者を潜り込ませてある。頼みたいのは、その者の支援なのだ」

「左様な方々が、動いておられるのですか？」

「うむ。姓名までは明かせぬが、頼り甲斐のある強者ぞ。ただ、酒と女に些かだらしないのが玉に瑕《きず》でな、思わぬしくじりをするやも知れぬ。合流した上は、くれぐれも目を光らせてくれ」

「…………」

「引き受けてもらえるかの？」

「……承知つかまつりました」

大きな目を向けて念を押す英龍に、俯いたまま小次郎は答える。

口で言う程、容易い事とは思えない。先遣の者が居るというのも、小次郎を騙して死地に赴《おもむ》かせるための嘘かも知れぬのだ。

危険な役目を強いられ、無為に命を落とすなど真っ平御免。

しかし歓之助にまで正体を知られたくない以上、首肯するより他になかった。

五

英龍が帰るのを見送ると、弥九郎は出稽古に赴いた。

扶持と引き換えに指南役を仰せつかった大名や旗本の屋敷まで出向き、家中の者に稽古を付けるのである。

この出稽古には門人たちも交代で同行して、相手役を務める。

迎える側にしてみれば願ったり叶ったりであり、出向く門人たちも仲間内だけで竹刀を交える折には無い責任と緊張感が、良い刺激になっていた。

残った面々は歓之助が引き受けて、日が暮れるまで練兵館で稽古に励む。

今日から小次郎も晴れて加わったものの、歓之助の表情は浮かない。面鉄越しにも意気消沈しているのが一目瞭然だった。

気が抜けた竹刀の当たりは弱く、いつも音《ね》を上げさせられるばかりの門人たちにしてみれば助かる反面、不安を覚えずにはいられなかった。

「しっかりしてくだされ、若先生」

立ち合いを終えた門人が、そっと耳元で呼びかける。

「次は間《はざま》の番にござるぞ。どうぞご存分になされませ」

「分かっておる……」

答える声は弱々しい。

いつにない素振りに首を傾げながら、門人は小次郎と入れ替わる。

「お願い致します！」

竹刀を提げて一礼し、サッと小次郎は構えを取った。

気合いこそ十分だったが、こちらも昨日までとは様子が違う。

「ヤッ」

「トー」

打ち合う響きは、明らかに力強さを欠いていた。

「何としたのだ、間の奴……」

「若先生も若先生だぞ。あれほど待ち望んでおられたと申すに……」

気を揉みながら門人たちが見守る中、二人は竹刀を交え続けた。

と、小次郎がおもむろに竹刀を足元に落とした。

間《ま》を置くことなく近付くや、歓之助から竹刀をもぎ取る。

次の瞬間、どんと床板が鳴り響いた。

腰に乗せ、一気呵成《いっきかせい》に投げたのである。

稽古場の床は弾力に富む造りで、縁の下には床板に沿って溝が掘られている。後の世の剣道で禁じられた組み討ちが盛んに行われても、骨まで傷めるには至らぬ配慮がされていた。

とは言え、素手《すで》で組み合うのは片方が竹刀を取り落とす等、勝負が付かなくなった場合に限られる。いきなり奪い取って格闘に持ち込むのは、荒稽古で知られた練兵館においても、行き過ぎた振る舞いだった。

「何をしておる、間っ」

「若先生に無礼が過ぎようぞ！」

慌てて門人たちが駆け寄った刹那、ぶわっと歓之助が跳び起きた。

「構うでないぞ、おぬしたちっ」

一声吠えるや、風を巻いて突進する。

小次郎は諸手《もろて》を拡げて応じ、歓之助と組み合った。

「な、何事じゃ、これは……」

訳が分からずに、門人たちは目を白黒させるばかり。

それでも止めるのを制されたからには、黙って見ているより他にあるまい。

「うぬっ」

「せいっ」

気合いの応酬も猛々《たけだけ》しく、二人は投げ技の応酬を繰り返す。

面が脱げ、小手をもぎ取られても、互いに動きを止めようとはしなかった。

暫時の後、歓之助と小次郎の姿は庭の井戸端に見出された。

「あー、いい汗を掻いたな……」

「大事ありませぬか、若先生？」

「ははは、この位で参る俺ではないぞ」

汗を拭きながら微笑む歓之助の裸身は、所構わぬ痣《あざ》だらけ。

小次郎も同様の有り様だった。

「それがしは参りましたぞ。明日から危険なお役目が待っておると申すに、これでは疑いを持たれるのが目に見えておりまする」

「何を言うか。先に仕掛けたのはおぬしだろうが」

「ま、それはそうでござるが……」

「何も案ずるには及ぶまい。喧嘩三昧《ざんまい》の証しだとでも偽ればいい」

不安を隠せぬ小次郎に、歓之助は明るく笑って見せた。

「実を申せばこの俺にも、お代官の御用を仰せつかった事があってな」

「まことですか⁉」

「父上には内緒だぞ。小遣い稼ぎに、こちらから願い上げた事なのだ」

驚く小次郎に念を押し、歓之助は苦笑しながら言った。

「その折は賭場《とば》の探索だったが、身綺麗にしておっては怪しまれる故、月代と無精《ぶしょう》髭《ひげ》を生やして臨んだものよ。父上には叱られ、母上には呆れられたものだが、そうでもしないと身を持ち崩した、貧乏御家人の倅には見えなんだのでな……」

「左様でござったか……したが、若先生ならばそのままのお姿でよろしかったのではありませぬかな？」

「どういうことだ」

「いえ、そこらの無頼よりも貫禄がございます故」

「うぬ、それで褒めておる積もりかっ」

冗談交じりに告げられて、歓之助は釣瓶を引っ掴む。

「ははは……ご勘弁、ご勘弁」

「待て待て、逃げるでない！」

互いに水を掛け合う様は、幼子に戻ったかのようであった。

すっかり汗が流れた二人は、体を乾かしながら語り合った。

「韮山のお代官と斎藤先生は、長いお付き合いなのですか？」

「そうか、おぬしは何も知らぬのだな」

髪を拭きつつ、歓之助は答える。

「お代官……江川の殿様は、父上と共に剣を学ばれた御方なのだ」

「その儀ならば存じておりますが、子細までは……」

「岡田十松先生の御姓名は、さすがに知っておるだろう」

「はい。先程の入門の儀にて、しかと拝聴つかまつりました」

「父上と殿様は岡田道場の同門でな、お若い頃は大いに稽古に励まれ、切磋琢磨《せっさたくま》なされたそうだ。江川様も免許皆伝を受けておられるのだぞ」

「あのお代官が……」

小次郎が思わず呟いたのは、相手を軽んじての事ではない。

英龍は威風堂々としながらも、漂わせる雰囲気は柔和そのもの。

名の有る武家の生まれであれば剣術を嗜《たしな》んでいるのは当然としても免許を、しかも神道無念流で皆伝しているようには見えなかったのだ。

剣術に限らず、武芸の位階は得るだけならば、それほど難しくはない。一定の期間だけ真面目に稽古に通えば、よほど不器用でなければ授与される。縁者からの紹介によって与える義理許や、礼金を積まれての金許さえ行われていた。

しかし神道無念流において免許を得るのは、容易《たやす》い事とは違うはず。早くて七年か八年は費やさねば、認められる域まで達し得ないのだ。

ところが、上には上が居るらしい。

「おぬしにはいずれ引き合わせる事になろうが、当道場には弥助という者が居る」

「弥助殿……ですか」

耀蔵の話にも出てこなかった名前である。

首を傾げる小次郎に、歓之助は淡々と告げた。

「その者は二年を経ずして、免許皆伝を受けておる……口惜しき事なれど、あやつに敵《かな》う手練は滅多に居るまい。本気を出されたならば俺はもとより、兄上とて太刀打ちはできまいよ」

「……世の中は広うございますな」

当たり障りのない言葉を返しつつ、小次郎は濡れた髪を拭く。

畏怖の念を覚えながらも、立ち合ってみたい気持ちに駆られていた。

六

翌日の昼下がり、大川を越えた小次郎は本所の外れに赴いた。

訪ねた先は英龍に言われた通り、道場とは名ばかりの古びた仕舞屋。

そして主の剛田重蔵は名前に違《たが》わず、どっしりした体格の持ち主であった。

「待て、待て。いきなり入門させよとは、幾ら何でも厚かましかろう」

稽古場に通されるなり切り出したのは、さすがに性急だったらしい。

「左様、左様」

「少しは腕を見せてもらわねば、な」

すかさず追従《ついしょう》の言葉を発したのは、鴨井甚平《かもいじんぺい》と長野辰馬《ながのたつま》。重蔵の手足となって働く二人は共に六尺に満たないものの、いずれ劣らぬ長身の偉丈夫である。

周りにたむろする面々も、一癖ありげな浪人ばかり。

まさに無頼の巣窟《そうくつ》であった。

「おほん」

動じる事なく座ったままの小次郎を見返して、重蔵が咳払いをした。

「おぬし、半井大造《なからいだいぞう》と申したか……むろん腕前も大事だが、何事も誠意を示すのが先であろうよ。違うかな、ん？」

催促がましい物言いである。

相手の目論見《もくろみ》は、すぐに分かった。

金回りが良いのなら、一度きりで済ますのは惜しいというもの。臆面もなく敷居を高くして、二度三度と金を引き出す積もりなのだ。

英龍から言われた通り、碌《ろく》な手合いではないらしい。

「へい、よろしゅうおたの申します」

何食わぬ顔で答えると、小次郎は懐から袱紗《ふくさ》包みを取り出した。

すかさず辰馬が進み出て、包みを開く。

「先生」

「五両か……ふむ、その身なりにしては張り込んだの」

首を伸ばして金額を確かめ、にやりと重蔵は笑った。

「これだけ誠意を示してくれれば是非も有るまい。おぬしの入門、差し許すぞ」

「へい、おおきに」

深々と頭を下げる小次郎が装ったのは、上方《かみがた》出の郷士《ごうし》の倅。

英龍があらかじめ人別《にんべつ》を手配した、赤の他人になりすましたのだ。

「さて、それでは腕試しと参ろうか」

ずいと甚平が立ち上がった。

「ほれ」

放って寄越したのは、古びた木刀。

竹刀など、一振りも置いていない。

最初から、まともに指南する気など皆無なのだ。

何も知らぬ者が入門を望んで来れば脅し付け、なまじ自信があっても腕が立たねば叩き伏せ、いずれの場合も有り金を残らず巻き上げる。そんな酷《ひど》い目に遭わされた者も一人や二人ではないという。

首尾よく潜り込むためにも、ここは上手く立ち回らねばなるまい。

「来い」

形ばかり礼を交わすと、甚平は中段の構えを取った。

対する小次郎はへっぴり腰。

発した気合いも、ど素人まる出しであった。

「ヤッヤッヤッ!」

「何じゃ何じゃ、田圃《たんぼ》の雀《すずめ》でも追い払うておる積もりか?」

「ははは、しっかりせい」

爆笑する面々の中で一人だけ、真剣に見守っている者が居た。

五十も半ばを過ぎたと思《おぼ》しき、小太りの浪人である。

浪人してから日が浅いと見えて、月代も髭も伸び具合は中途半端。それでいて漂わせる雰囲気は自堕落そのもので、安酒の臭いをぷんぷんさせている。故に周囲の浪人共も疑わず、仲間と見なしている様子だった。

笑いが収まっても、小次郎は妙な構えを取ったまま。

「いい加減にせぬかっ!」

怒声を上げると同時に、甚平が打ちかかる。

刹那、だっと小次郎は前に出る。

胴を抜いた瞬間にすっ転んだのは、勢い余っての事と見せかけるため。

まぐれ当たりと装って、見事に一本取ったのだ。

「こ、こやっ」

「待て、待て」

いきり立つ甚平を押しとどめ、のっそりと間に割って入ったのは重蔵だった。

「難癖を付けるのは止めておけ。おぬしの負けだ、鴨井」

「いや、左様な事はあるまいぞ」

「負けだと申しておるだろうが。とっとと下《さ》がれい」

「くそっ！」

悔し気に吐き捨てて、甚平は木刀を床に叩き付ける。

構う事なく、重蔵は小次郎の手を取った。

「な、何でっか」

「おぬし、手の内が錬《ね》れているな」

「てのうち……でっか？」

「ははは、訳も分からずに錬り上げたのか」

可笑《おか》し気に呟きながら、重蔵は太い指に力を込める。

苦も無く手のひらを開かせて、じっと小次郎の目を見つめる。

「柄を握る手捌きが出来ておるということだ。うむ、足腰もしっかりしておるのう……」

腰を撫でる手付きが、どことなくいやらしい。

（こやつ、男色の気でもあるのか？）

ゾッとするのを堪えつつ、小次郎は笑みを返した。

「それはもう、野良仕事ばかりしておりますさかい」

「成る程な、鍬《くわ》を振るうて鍛えたか」

「道理で野暮ったいはずだ」

「はははは……」

重蔵が答えるより先に、一同はどっと笑い転げる。

鎮《しず》めたのは、おもむろに立ち上がった酒臭い浪人。

「さてさて、次はそれがしがお相手致そうかの」

「何じゃ田上《たがみ》、しゃしゃり出おって」

小次郎を慰めようとした機先を制され、重蔵がムッとした顔で睨み付ける。

動じる事なく、田上と呼ばれた浪人は木刀を拾い上げた。

「止せ止せ、おっさん！」

「怪我をしても知らんぞー」

「なーに、任せておくがいい」

野次《やじ》を飛ばすのに構わず、田上は木刀をぶんと振るった。

低く重たい音がしたのは、手の内が錬れている証し。遠心力を利かせる事が出来ていなくては、こうは鳴るまい。

「貴公らには、廓の払いが足りぬ分を持ってもろうた借りがある……ただの数合わせで声を掛けてくれただけやも知れぬが、酔いどれではない証しを立てるには、良き折であろうよ」

「これ田上、滅多な事を申すでない！」

「ご案じ召さるな、長野氏《うじ》」

慌てて遮る辰馬に構わず、田上は涼しい顔でうそぶいた。

「この若造、なかなか役に立ちそうじゃ。格の違いを思い知らせてやった上で、逃げ出さぬように取り込んでご覧に入れる故、しばし待たれい」

一方の甚平は打たれた脇腹を押さえつつ、小次郎を見返している。まぐれ当たりでやられたにしてはキツい痛手と気付き、ど素人ではないと勘付いたのだ。

「む……」

小次郎は焦りを覚えつつあった。

芝居の甘さが露見しつつある事に、動揺しただけではない。

前に立った田上の思わぬ貫禄に、圧倒されていたのだ。

しかし今さら、引き下がるわけにもいくまい。

「ヤーッ！」

勇を奮《ふる》って打ちかかった次の瞬間、どっと小次郎は床に転がった。

上段から袈裟がけに振り下ろされた一撃は木刀を打ち落とし、鬢をかすめただけであった。

まともに受けてはいないはずなのに、どうして――？

衝撃を喰らって動けぬ小次郎を見下ろし、田上はとぼけた声で宣言した。

「ほい、一本」

「くっ……」

「ははは、まだまだだのう」

にやりと笑って歩み寄り、田上は小次郎を引っ張り起こす。

誰の目にも明らかな、完敗であった。

とりあえず潜り込む事は叶ったものの、小次郎が下っ端扱いをされたのは、やむを得ない事だった。

「おい、左様に厳しゅうしては逃げられてしまうぞ？」

「甘うござるぞ、お頭《かしら》。何事も始めが肝心でありますからな」

「左様、左様」

気を揉む重蔵に構わず、甚平と辰馬は小次郎をこき使った。

といっても、練兵館に比べれば楽なもの。

炊事は飯を炊き、適当に菜を拵えるだけなので苦にならない。酒だけは矢鱈《やたら》と飲むので買い出しが忙しかったが、何事も信用されるまでの辛抱である。

そんなある日、巻き藁が道場の真ん中に据えられた。

「やってみよ、半井」

「わ、わてが斬るんでっか、鴨井はん？」

「腰の物は竹光ではあるまい。何なら貸すぞ」

甚平がにやにやしながら差し出したのは、一本差しの鞘から抜き放った刀。研ぎは行き届いていたものの、かなり血を吸っているらしいと察しが付く。

「まさか、本当に竹光なのか」

「そ、そないなことはあらしまへん」

「ならば言われた通りにせい。逆らえば、うぬを生き胴試しにしてくれるぞ」

「へ、へい」

やむを得ず、小次郎は奥から取って来た刀を左の腰に落とし込む。

鯉口を切る時にもたついたのは、本身《ほんみ》の扱いに不慣れであると装うため。手のひらを切らぬように用心しつつ、危なっかしい手付きで鞘を払う。

試し斬りは国許で日課にしており、そこらの雑木を薪拾いがてら斬りまくっていたものである。

もとより慣れたものだったが、気取られてはなるまい。

「え……えいっ！」

気合いと共に振り下ろすや、すっと巻き藁の上の部分が断たれた。

慣れているとは思われぬ程度に、加減をしたのである。

「もう一太刀」

「へい」

促す辰馬に逆らう事なく、小次郎は再び刀を振るった。

「おお、見事、見事」

重蔵が喜色満面で褒めそやした刹那、浪人共の中から一人が進み出た。

「次は俺にやらせてくだせぇよ、お頭」

申し出たのはまだ二十歳前と思《おぼ》しき、剽悍《ひょうかん》な若者。

浪人態《てい》ではなく、着流し姿の遊び人の風体《ふうてい》である。

「何じゃ矢五郎《やごろう》、おぬしは短刀しか遣えぬのであろう?」

不快げに重蔵が鼻を鳴らしたのは小次郎が加わる以前、手を出そうとして拒まれたが故の事らしい。仲良くなった田上から、そう教えられたのだ。

構う事なく、矢五郎と呼ばれた若者はうそぶいた。

「これでも御用風を喰らって草鞋を履いた時期が長うござんすからね、長脇差の扱いにゃそれなりに慣れておりやす。ま、見てておくんなさいまし」

不敵に告げつつ甚平に歩み寄り、借りた刀を振りかぶる。

「む!」

気合いと共に刃が走り、畳表をずんと断つ。

それだけではない。

間を置く事なく振るった刀が捉えたのは、斬ったばかりの断片。

下に落ちるより速く、両断してのけたのだ。

「むむっ、やるのう」

「こやつ、まことに慣れておるな……見直したぞ、矢五郎」

「へっ、分け前もよろしく頼みますぜ」

ニッと笑って念を押したのは、明日に迫った押し込みの件。

新参の小次郎も頭数《あたまかず》に加えられ、同行する事になっていた。

七

その日は朝から快晴だった。

家紋入りの鞘を被せた鑓《やり》を持たされ、中間《ちゅうげん》が九段坂を登っていく。

後に続く京極清武が引き連れていたのは、選りすぐりの腕利きだった。

「御免……約定《やくじょう》により参上つかまつった故、上がらせてもらうぞ」

先触れの者に続き、清武が玄関に足を踏み入れる。

折悪しく鉢合わせしてしまったのは、表へ遊びに出ようとした象。

「何じゃ、この童《わらべ》は」

「それがしの末娘にござるが、ご無礼がありましたかな」

泣き出しそうになったのをサッと抱き上げ、脇に退かせたのは弥九郎。

早くも羽織を脱ぎ、革襷を掛けている。九段坂を登ってくるのを見かけた中間《ちゅうげん》の注進により、既に支度を調えたのだ。

しかし、対する清武は薄笑いを浮かべたのみ。

「無理をするには及ばぬぞ、ご老体」

「何と申される？」

「年寄りを痛め付ける趣味は無い。儂が望むは斎藤歓之助……おぬしの倅だ。こちらも家中の若い者を召し連れて参った故、そちらも門下から四人選んでもらおうかの」

剛田一味のやり口は、大胆不敵なものであった。

「ひ、昼日中から事を起こすんでっか⁉」

「なればこそ怪しまれぬのだ。これでも我らは士分だからのう。用心棒の売り込みと思わせて嫌々ながらも通されれば、こっちのものよ」

「安心せい、半井」

自信たっぷりの甚平に続いて、辰馬がうそぶく。

「我らは江戸に参る以前から、同様の手口で稼いでおるのだ。韮山代官の江川太郎左衛門めの鼻も、幾度となく明かしてやったのだぞ」

「さ、さよか」

「うぬも金が要るのだろう？　ならば度胸を据えて、斬りまくるのだ」

ふざけた事を言うものである。

どれほど落ちぶれようとも、罪無き者を手に掛けてまで金を得ようとは思わない。

まして、小次郎は練兵館に迎えられた身。

間違っても、人など斬るわけにはいかないのだ。

と、そこに田上が歩み寄って来た。

どうした事か、足の運びがたどたどしい。

酔っているのかと思いきや、丸い顔が青ざめている。

深酒が理由ではない事は、当人の口から明かされた。

「何、下《くだ》り腹だと？」

「鬼の霍乱《かくらん》というやつだ。相済まぬが、先に行ってはもらえぬか」

眉を吊り上げる辰馬に、田上は申し訳なさそうに釈明した。

「仕方あるまい。裏口を開けておく故、後から必ず参るのだぞ」

「かたじけない、お頭」

重蔵の一言を耳にするや、田上は小次郎に刀を押し付けた。

「何でっか田上はん」

「決まっておろう。刀など持っていては厠に入れんよ」

「そ、それはそうでっしゃろが……」

「長くはかからんよ。な？」

困惑する小次郎に片手拝みし、あたふたと田上は裏の厠に向かって駆け出す。

「参るぞ！」

重蔵の号令一下、ぞろぞろと浪人共は動き出す。

矢五郎も今日は形だけ袴を穿き、士分らしく装っていた。

言った通り、田上は幾らも経たないうちに戻って来た。

「すまん、すまん。待たせたな、若いの」

小次郎から刀を受け取りながら耳を済ませ、周囲に気配が無いのを確かめる。

続いて告げられたのは、思わぬ一言だった。

「長らくご苦労だったの。おぬし、お代官様の手先であろう？」

「な、何を言いまんねん」

「下手《へた》な芝居は止めておけ。おぬし、西国《さいごく》でも大坂《おおさか》の生まれではあるまい」

「そ、それは……」

「安心せい。儂も同じ穴の狢よ」

「ま、まことにござるか⁉」

「下り腹と申したとは偽りじゃ。敵を騙すにはまず味方からと言うであろうが？」

「味方とは、それがしの事にござるか」

「おぬしだけではないわ。ほれ、あの矢五郎じゃ」

「あやつが……」

「実の名は仏生寺弥助と申す。ま、仮の姓だがの」

「何と……」

「儂の本名は岡田利貞。元を正せば神道無念流の道統を継ぐ名家の出なれど、生来の遊び好きが崇《たた》って身を持ち崩し、今はしがない隠居の身。小遣い稼ぎに韮山代官殿に雇われて、密偵の真似事をしておるのだよ」

「左様でござったのか……」

「おっと、無駄口が過ぎたようだの」

利貞は刀を左腰に帯びた。

「若いの、おぬしも後れを取るでないぞ」

「し、承知！」

サッと身を翻《ひるがえ》したのに続き、小次郎も走り出す。

目指す先は、深川《ふかがわ》の佐賀町《さがちょう》にある干鰯《ほしか》問屋。

本所から近いとはいえ、急がねば追いつけまい。

「走れ、走れ」

先を行く利貞は、驚く程に俊足だった。


一刻を争う状況なのは、歓之助も同じであった。

折悪しく、朝から用足しに出かけていたのである。

「何っ、道場破りだと!?」

「ただの道場破りではありません。き、京極家の御曹司で！」

「もしや、京極清武か？」

「さ、左様で」

「おのれ、ついに来おったか」

駆け付けた中間《ちゅうげん》の言葉を聞いて、歓之助は眉を吊り上げた。

清武の傍若無人《ぼうじゃくぶじん》ぶりは、かねてより耳にしている。

相手が大名家の子息であろうと、勝負の場に立てば身分の別はない。

この機会に叩きのめさずして、何とするか。

「急ぎ参るぞ、刀を持て！」

中間に一声命じ、歓之助は尻っぱしょりにしていた着物の裾を直す。

友人の家に行くと偽って、昨夜から泊まり込んでいたのは近くの岡場所。

小次郎が不在の退屈さに耐えかねて、現《うつつ》を抜かしたのはまずかった。

「急げ、急げ」

眦《まなじり》を決して歓之助は走る。大川を渡った先の本所でも小次郎が同様に、寸刻を争いながら疾駆しているとは知らずにいた。


重蔵が言った通り、店の裏口は開いていた。

中から聞こえて来る剣戟《けんげき》の響きは、矢五郎こと弥助が浪人共の刃を受け流す音。

本身を振るいながらも、弥助は相手の命まで奪おうとはせずにいた。

「手当てが早けりゃ助かるぜ。さっさと退散したらどうだい？」

「うぬっ、ふざけおって！」

負けじと斬りかかった浪人が、サッと腿をかすめられた。

なまじ股立ちを取っていたが故、剝き出しのところを狙われたのである。

どっと血飛沫《ちしぶき》が上がる中、弥助は次なる敵に刃を向ける。

利貞と小次郎が突入した時には、早くも半数の五人が倒されていた。

残る相手は五人だけ。

「おお、儂らの分も残しておいてくれたのか」

「そういうわけじゃありませんよ、先生」

血に塗《まみ》れた刀を手にして、弥助は渋い顔で答える。

「安物だったからですかね。曲がってしまいましたよ」

「ははは、そのぐらいなら鞘に戻して一晩置けば直るわ」

ぼやくのを涼しい顔で聞き流すや、流れるように鞘を引いて利貞は抜刀する。

「雑魚《ざこ》共は任せたぞ、間《はざま》っ」

背中越しに告げるや、返事も待たずに斬りかかった相手は甚平。

「こやつ！」

怒号を上げて迎え撃ったものの、かーんと甚平の刀が弾け飛ぶ。

次の瞬間には重たい刃が走り、どっと打ち倒されていた。

「血が出ない……だと⁉」

「あれが峰打ちってやつですよ、小次郎さん」

「おぬし、何故にそれがしの名を？」

「お代官様から前もって伺っておりましたよ。お前さんを差し向けなさる上で、素性を全部お調べ済みだったそうですぜ」

「全てを……か」

「安心なさいまし。歓之助さんには言いませんから！」

告げると同時に、弥助は懐に右手を突っ込む。

狙った相手は、小次郎に横から斬りかかろうとした浪人。

抜き打つ短刀が、ざっくりと腕を切り裂いた。

「後ろ！」

「承知っ」

叫ぶと同時に、小次郎は左足を軸にして一回転。

向き直ると同時に抜き打った初太刀は牽制であった。

素早い太刀ゆきで動揺を誘い、体勢を崩させればこっちのものだ。

「むん!!」

気合いと共に柄を鳩尾に叩き込み、悶絶させる動きに危なげは無い。

「成る程ねぇ、さすがは斎藤先生が見込んだだけの事はある……」

感心して呟く弥助の視線の先では、利貞が重蔵を打ち倒したところであった。

すでに辰馬は一撃を浴び、甚平と共に失神している。

峰打ちは振り下ろした刃が体に当たる寸前、刀身を反転させる高等技術。斬られたと相手に思い込ませるには、熟練した手の内を要する。岡田利貞はそれだけの技量を身に付けた、真の手練と呼ぶに相応しい腕利きだった。


押し込みは未然に防いだものの、小次郎たちはまだ休むわけにはいかなかった。

抵抗する力を失った浪人共を縛り上げ、知らせを受けた英龍の配下たちに引き渡して急ぎ向かった先は、九段坂上の練兵館。清武の一党が乗り込んだ事を、英龍が教えてくれたのだ。

先に立って走る小次郎は、眦を決している。

自分の落ち度が招いた事だと思えば、必死になるのも当然だった。

後に続く利貞は、さすがに息が切れていた。

「しっかりしてくだされ、先生」

「ううむ、年は取りたくないものよ……」

　ぼやきながら、利貞は小次郎の背中を忌々《いまいま》し気に見やった。

「弥九郎め、儂の知らぬ間に内弟子など取りおって……。これでは弥助の立場が無いでないか、のう？」

「構いませぬよ、先生」

「そなた、良いのか？」

「働き手が増えたのは有難い事ですよ。あれほどマメな人が来てくれたのなら、私も稽古の時間が増やせます故」

「それはそうだがのう……」

「ご安心くだされ。ゆめゆめ後れは取りませぬ」

「これ……甘く見るでないぞ、弥助」

　息を調えつつ、利貞は言った。

「あやつは峰打ちこそ出来なんだが、本身の扱いにも慣れておる。稽古場で立ち合うだけならば良かろうが、真剣勝負となれば無事では済まぬぞ？」

「大事はありますまい。そちらの場数ならば負けはしませんよ」

「ふん、そなたも言うようになったのう」

「何事も先生のお導きです」

「こやつ……」

苦笑しながらも、利貞は頼もし気に弥助を見返す。

前を駆ける小次郎は、師弟のやり取りなど耳に入っていない。

一刻も早く駆け付け、歓之助の立ち合いを見届けたい。

万が一敗れたのであれば及ばずながら、意趣返しに臨む所存であった。


長い坂を駆け上ると、庭先の植木が視界に入った。

「先生！　若先生ーっ」

息せき切って玄関に駆け込み、土足のまま式台に跳び上がる。草履は途中で鼻緒が千切れたのを、そのまま路傍《ろぼう》に捨てて来た。

稽古場に走り込んだ途端、頼もしい声が聞こえた。

「遅いぞ、間」

「若先生……」

「少々手を焼いたがな……ほれ、この通りぞ」

にこりと笑って、歓之助は脇に退く。

清武は大の字に倒れたまま、ぴくりとも動かずにいた。

残る四人も打ち倒され、稽古場の壁にもたれてぐったりしている。

弥九郎は渋る清武を説き伏せて自ら大将となり、歓之助が戻るまで踏みとどまっていたのだ。

寸前で間に合った歓之助が勝負を決めたのは、鬼歓の異名を取った鋭い突き。

防具を拒んだのが災いし、清武は失神を余儀なくされていた。

とっさに後ろへ跳んで突きの勢いこそ殺したものの、転んだ弾みで頭をしたたかに打ち付けたのである。

「若！」

「しっかりなされませ！」

取り巻きの藩士たちは血相を変え、幾度も呼びかけるが返事はない。

「待て、待て。それではいかんぞ」

割って入ったのは、遅れて着いた利貞だった。

「頭を打っておるのだろう？　左様な折に強いて起こせば体に障る……そっと運んで寝かせてやり、目が覚めるのを待つ事じゃ」

「先生は少々、医術の心得がお有りなのですよ」

唖然と見守る小次郎に歩み寄り、苦笑しながら弥助は囁く。

「まぁ、専《もっぱ》らお得意なのは、おなごの下《しも》のほうなんですけどね」

「さ、左様か」

「おかげで私も安心ですよ、小次郎さん」

「どういうことだ、仏生寺殿」

「怪我人が出ても、余程の事でなければ命までは落としません。私も流儀の決まりに反する真似は控えますんでね、ご安心を」

「おぬし……」

「弥助と呼んでください。お互いに遠慮は抜きで参りましょう」

「………」

黙って見返す視線を受け止め、弥助は微笑む。

穏やかながらも、不敵な光を放つ瞳であった。

八

英龍が練兵館に訪れたのは、二つの事件が落着した翌日の事だった。

「こたびの働き、見事であったの。いや、おぬしの大金星じゃ」

満足そうに幾度も頷き、英龍が切り出したのは思わぬ話。

「そ、それがしに代官所勤めをせよとの仰せにござるか⁉」

「早合点を致すでない。同門となった誼《よしみ》で文武の両道を教えて遣わす故、その合間に手伝うてくれればよいのだ」

「さ、されど……」

「悪いお話ではあるまいぞ、間」

戸惑う小次郎に向かって告げる、弥九郎の表情に含むところは何もない。

心機一転、新たな地でやり直して欲しい。

そんな親心を込めての提案だった。


決意を固めた小次郎は、その日のうちに韮山に出立《しゅったつ》する運びとなった。

「やだよう、いかないでよう！」

象が大泣きしたのは、降って湧いたような話であればこそ。

何も言わずに姿を消しては悪いと思って別れを告げたものの、これほど泣かれては意味が無かった。

「いい加減にせい、象」

見かねた歓之助が助け舟を出した。

「間《はざま》は二度と戻らぬわけではない。お代官様の御用で、しばしば江戸に参るのだ」

「ほんとに？」

「偽りは申さぬ。そうであろう、間」

「はい、左様の仰せにございました……象様、またお手玉を見せてくださいませ」

涙ぐむ象に向かって告げたのは、その場しのぎの嘘ではない。

英龍は本所の屋敷と韮山を行き来させる、連絡要員の任を小次郎に課したのだ。

もとより馬は使えぬ身分であるが、徒歩でも三日とかからずに辿り着ける。若さに俊足を兼ね備えた小次郎にとっては、適任の役目だった。


江戸から韮山へ続く、午後の空は快晴であった。

道中支度に身を固め、防具と荷物を担いだ小次郎は、街道を休む事なく進み行く。

招かれざる者と遭遇したのは東海道を離れ、急な山道に入ってすぐの事だった。

「そこに直れ、下郎」

馬を飛ばして先回りし、待ち受けていたのは京極清武。

上士にとっては足軽など、取るに足らぬ存在のはずである。

にも拘わらず、自ら成敗しようとは何事か。

訳の分からぬ暴挙だったが、刃を向けられては是非もない。

「抜け、下郎」

「……」

小次郎は無言で左の腰に手を伸ばした。

柄を握り、鞘のまま刀を抜き取る。

脇差はそのままにしていたが、もとより抜く積もりは無かった。

代わりに手にしたのは、防具と共に担いでいた二振りの竹刀。身の周りの品をまとめた荷物と共に、重さを厭《いと》わず持って来たのだ。

「ふざけるな」

残る一振りを差し出されるや、清武は吠えた。

「うぬ、儂を虚仮《こけ》にしおるのかっ」

「いえ、滅相もございませぬ」

「ならば何故、左様な真似を」

「斬ってはならぬと師匠より教えを受けております故……もとより峰打ちは為し得ぬ未熟者なれば、無礼を承知で左様にさせていただくより他にはありませぬ。どうかご容赦くださいませ」

「うぬっ……」

苛立たし気に唸りつつ、清武は竹刀を引ったくる。

「ヤーッ」

「トー！」

向き合った次の瞬間、二人の竹刀がぶつかり合う。

間合いを切り直した刹那、小次郎は前に向かって跳ぶ。

今度は芝居をする事無く、全力で胴を抜いていた。

「御免」

立ち上がれぬ清武に一礼を捧げて、小次郎は背中を向ける。

刀を抜いて斬りかかる気配は感じられない。

清武は座り込んだまま、茫然と見送るばかりであった。


木々の間から射す西日の下で、清武はおもむろに身を起こした。

小次郎の姿は見当たらない。

今頃は山道を抜け、相模の海が見える辺りに出た頃か。

後を追う気は疾《と》うに失せていた。

たくましい上体を剝き出しにした上で、清武は脇差を抜き放つ。

刀身を懐紙で包み、そっと切っ先を腹に当てる。

しかし、貫く事はできなかった。

そっと脇差を鞘に納め、清武は懐紙で汗を拭う。

頰を伝い落ちる涙は、そのまま流れるに任せていた。

これしきの事で泣いたとは、認めたくないのである。

腹を切るのを思いとどまったのも、臆した故ではなかった。

「このままでは済ますまい……。斎藤歓之助に間小次郎……いま一度立ち合うて、完《かん》膚《ぷ》なきまでに打ち倒してくれようぞ……」

決意も固く呟いて、清武は歩き出す。

路傍に繫いだ愛馬は何も知らず、のんびり草を食《は》んでいる。

しかし、清武はそうはいかない。

刀取る身に生まれた以上、腕を磨くのは使命である。

一度ならず二度までも不覚を取った以上は、尚の事だ。

急ぎ江戸に立ち戻り、軽んじていた竹刀の扱いを一から学び直す積もりであった。

第三章　蜀江錦《しょっこうにしき》の袴

一

韮山に来てからも、小次郎の一日の始まりは早かった。

今日も薄暗いうちに起床し、庭に出て掃除中。

代官所が併設された江川家の屋敷には、齢《よわい》を重ねた古木が多い。

玄関に向かって右手に立ち、桐に似た大きな葉をそよがせているのは、北条早雲《ほうじょうそううん》の手植えと伝わる木豇豆《きささげ》。

井戸の前には橡《とち》、裏門の脇には昆蘭樹《びらんじゅ》の大木がそびえ立つ。

とりわけ人目を惹くのは、庭の真ん中の宿り木だ。

桜に楓《かえで》と樫《かし》が根付いた宿り木は春に桜、秋には紅葉を楽しめる。

小次郎は黙々と竹箒《ぼうき》を使い、広い庭を端から端まで掃いていく。

来たばかりの頃には宿り木の桜もまだ咲いており、散った花びらを集めるのに毎朝難儀をしたものだが、季節が過ぎるのは早いもの。嘉永二年も閏《うるう》四月を迎えて、今は新緑の時季だった。

江川家に身を寄せて、早くもひと月。

屋敷内の雑用、そして江戸への連絡役を初めとする韮山代官所の御用を仰せつかる一方で、文武両道に取り組む毎日を送っている。

小次郎は、人から教えを受ける事を拒んで生きてきたわけではない。

我流で刀の扱いを学んだのは道場通いを許されなかったが故であり、学問を積まずにいたのは、周囲の誰からも期待をされずにいたからだ。

学べるものなら、学びたい。

諦めながらも、そんな気持ちだけはずっと抱いてきた。

それが二十歳にして、しかるべき学びの場を初めて与えられたのだ。

元服から幾年も経った後に、就学したての子どもと同じ立場を得たのである。

とはいえ、手とり足とり指導をしてもらえるほど甘くはなかった。

英龍は韮山代官の職を務めると同時に、高島流の砲術を伝える立場。

屋敷内には私塾が設けられ、諸国から集まった塾生たちを教え導くのに忙しい。ただでさえ代官の役目で時間が無いのに、無闇矢鱈《むやみやたら》に質問をするのは憚《はばか》られる。

幸い、練兵館で歓之助と四郎之助が骨を折ってくれた甲斐あって、読み書き算盤と算学の基礎だけは、韮山に来る前から身に付いていた。

その基礎を踏まえて取り組む英龍の講義は、難解ながら張り合いがある。

剣術の稽古も有意義なものだった。

砲術の理論を含めた講義には付いていくのに四苦八苦の小次郎も、竹刀を取っての立ち合いならば塾生たちの上をいく。だからといって驕《おご》る事をせず、竹刀の握り方から謙虚に学び直して、悪いと言われた点はすぐに改めた。

そうやって新しい事を覚える手応えを日々実感しながらも、小次郎の胸中は複雑。

いずれ練兵館に戻るのが楽しみな反面、不安でもあった。

小次郎は内弟子になりたいと装って斎藤家に入り込み、弥九郎の命を狙った罪深い身だからだ。

今となっては、無知であるが故の暴挙だったと恥じるばかりである。

その後、丸亀藩邸からは何の干渉もされていない。

ひとまず落着したものの、小次郎が愚行に及ぼうとしたのは消せない事実。

この恥ずべき事実を、弥九郎と英龍は承知の上だ。

罪に問わぬ代わりに御用繁多な韮山代官所を手伝い、合間に文武両道を学ぶように取り計らってもらえたのは有難い限りであったが、喜んでばかりはいられまい。

「……」

石造りの井戸の周りを掃き終えた小次郎は手を止めて、まだ暗い空を見上げる。

引き続き、学ぶ事を続けても良いのだろうか——。

新たな環境に慣れて久しい今も、不安は尽きなかった。

恥ずべき事実を知っているのは、弥九郎と英龍だけとは違う。練兵館の居候である利貞と弥助にも、小次郎が練兵館に来た真の目的は勘付かれていた。

告げ口はしないと言われたものの、いつまでも黙っていてくれるとは限らない。

利貞は身を持ち崩したとはいえ、弥九郎の師匠筋に当たる立場だ。

そして弥助は剣術の手ほどきこそ利貞から受けた身であるが、同郷の出世頭《がしら》で恩人の弥九郎にも、敬意を寄せて止まずにいる。小次郎が練兵館に災いを呼ぶと見なせば容赦せず、刃を向けて来るだろう。

弥助の腕前は歓之助を圧倒し、武者修行の旅に出ている新太郎の上をいくとも言われている。敵に回せば勝ち目は無いし、好んで争いたくもなかった。

あの二人とは、別れてから会っていない。酒色に目の無い利貞は日頃から外泊する事が多く、面倒を見るために弥助も付き合わされがちだからだ。

小次郎自身、なかなか練兵館を訪れる事ができずにいる。

江戸と韮山を行き来する連絡役は、思った以上に慌《あわ》ただしい。

毎回向かう先は江川家が本所に構える、代官の出張所を兼ねた屋敷。英龍の書状を届けたら即座に返事を持ち帰るため、九段坂に寄り道をする余裕は無い。一息入れて再び駆け出し、とんぼ返りで韮山へ急ぐのみだった。

利貞とも弥助とも顔を合わせずに済んでホッとする反面、斉藤家の人々に会えない日々が続くのは寂しくもある。

皆は変わりなく、達者にしているのだろうか——。

溜め息を吐きながら、小次郎は黙々と箒を動かす。

裏門の辺りを掃いていると、東の空が明るくなってきた。

朝日を受けて煌《きら》めいたのは、江戸開府の頃に改築された主屋《おもや》の破風《はふ》。

韮山代官屋敷は、元を正せば地元の豪族だった江川家の先祖の館。時代が鎌倉《かまくら》から室町《むろまち》を経て戦国の乱世に至ると、後北条《ごほうじょう》氏が伊豆を統治する拠点とした韮山城を護る砦《とりで》のひとつとなった。

北条早雲を祖とする後北条氏の支配を覆《くつがえ》したのは、豊臣秀吉《ひでよし》の小田原《おだわら》攻め。天正《てんしょう》十八年（一五九〇）の三月から六月にかけての百日間、押し寄せる大軍を相手取った戦いの激しさは、裏門に生々しく残る弾の痕から窺《うかが》い知る事ができる。

籠城戦を生き延びた江川家の一族は、二十八代当主の英長《ひでなが》が以前から徳川家康と縁を結んでいたのが幸いして存続し、征夷大将軍《せいいたいしょうぐん》として家康が天領と定めた韮山を含む一帯の代官職に任じられた。

伊豆七島から武州《ぶしゅう》と相州《そうしゅう》の一部まで網羅した、韮山代官の支配地は十万石。あくまで管理を代行するだけの立場とはいえ、大名の所領に等しい一帯から年貢を徴収し、様々な問題の解決に当たるのは至難の業《わざ》。平安《へいあん》の昔から土着している江川家でなくては為し得まい。左様に将軍家も見なせばこそ、世襲の職とされたのだろう。

思わぬ人物と近付きになったものである。

江戸を遠く離れた地で一足軽の次男坊として生まれた小次郎は、公儀の政《まつりごと》には微《み》塵《じん》も関心を抱いていなかった。家族総出で団扇作りの内職に取り組みつつ、我流の剣の腕を磨く事に熱中するばかりで、天下の情勢を知ろうとするどころか、目を向けようともせずにいた。

しかし今は否応《いやおう》なしに、世間の動きが耳に入ってくる。

江戸湾口に近い浦賀《うらが》の港には数年来、異国の船が再三訪れている。それまでは北方の沿岸を脅《おびや》かすのが専《もっぱ》らであり、関東でも御府内から遠く離れた小笠原《おがさわら》に姿を見せるに留まっていたのが、急激に接岸を試みるようになったのだ。

浦賀は相模国《さがみのくに》でも韮山代官の支配地には属しておらず、異国船への対策に特化した浦賀奉行の管轄下に置かれている。

その管轄内に密かに入り込み、噂を集めるのも小次郎が任された役目のひとつ。大小を帯びずに身なりも変え、行商人や旅人を装う事にも慣れた。

御用として仰せつかったからには、無関心ではいられない。

英龍が高島流の砲術を広める事に固執《こしつ》する気持ちも、今ならば分かる。

宿り木の近くには、二つの蔵が在る。

向かって左手が肥料蔵で、右手に見えるのが武器庫である。

英龍の代になって新たに設けられた武器蔵には、銃砲の弾丸と火薬の原料が大量に備蓄されている。もとより火の気は厳禁で、周りを掃除するだけでも気を遣《つか》う。

小次郎は慎重に箒を使い、武器庫の前を掃き清める。

さすがに不心得者は居ないと見えて、煙草《たばこ》の火種を吹いて捨てた様子は無かった。

続いて肥料蔵の前も掃き、集めた落ち葉と塵芥《じんかい》を片付ける。

竹箒を置いた小次郎は、櫓がそびえ立つ井戸端に向かった。

この井戸から湧き出る水は元禄《げんろく》の頃までは自家製の酒造りに用いられ、今は英龍が乾飯《ほしいい》に代わる兵糧《ひょうろう》にすべく試作を繰り返す、パンを焼くのに欠かせない。

もちろん毎日の炊事にも活用されており、小次郎が庭を掃いている間にも女中たちが何度も往復して水を汲み、朝餉の支度に取りかかっていた。

二

水を汲もうと釣瓶に手を伸ばした途端、後ろから声が飛んで来た。

「汚れた手で触らないでくださいな、小次郎さんっ」

小次郎は振り向いた。

「おや、お美代《みよ》さんか」

「おや、じゃありませんよ。お水が欲しい時には声をかけてくださいなって、いつも言ってるじゃないですか！」

桶を片手に怒った顔で立っていたのは、奉公したての女中だった。

若い娘にしては背が高く、優に五尺を超えている。

いつも庭の掃除をしている小次郎とは毎朝顔を合わせるうちに親しくなり、遠慮せずに物を言われるのも毎度の事であった。

「もう、いつまで経っても他人行儀なんだから……」

お美代はぼやきながらも手を休めず、てきぱきと水を汲み上げる。

「ほら、早くなさいな！」

「かたじけない」

小次郎は釣瓶から注ぎかけてもらった水で手を洗い、口をすすぐ。

腰にぶら下げた手ぬぐいを取ろうとした途端、サッと横から取り上げられる。

代わりに差し出されたのは、折り目の付いた下《お》ろしたて。

「だめ、だめ。そんな汚れたので拭いたら、洗った甲斐がないでしょうに」

「左様か？　うーん、確かに少々臭うやもしれぬなぁ」

「少々どころじゃありませんよ。まったく、無精なんだから……」

ぷりぷりしながら、お美代は取り上げた手ぬぐいを袂《たもと》に入れる。

「こちらは洗って乾しておきます。そのままお使いなさいましな」

「それはかたじけない。有難く、拝借するぞ」

小次郎は笑みを返し、畳んだ手ぬぐいを懐《ふところ》に仕舞う。

借り物ならば、手ぬぐい一本でも粗末に扱ってはなるまい。

そう考えての事だったが、お美代の反応は思わぬものだった。

「まぁ、そんなに大事にしてくださって」

「いや、当然の事であろう」

「嬉しいです、小次郎さん」

「左様か……」

戸惑うのに構う事なく、お美代は嬉々として釣瓶を下ろす。

彼女に限らず、代官屋敷の人々は誰も小次郎に疑いの目など向けてはいない。

足軽とはいえ士分なのに少しも威張らず、労を惜しまずに働きながら文武の修行に取り組む姿は感心そのもの。小柄でいかつい顔立ちなのも、かえって好もしい。

そんな周囲が寄せる好意に対し、小次郎はできるだけ甘えぬように心がけて毎日を過ごしていた。

人の心は移ろいやすいものである。

小次郎の祖父が一揆《いっき》を見逃したと決め付けられ、藩士から足軽に格下げされた時もそうだった。今まで親しかった隣近所の者ばかりか身内も一斉に距離を置き、屋敷を移る際に挨拶ひとつ無かったと、父の弥兵衛は安酒に酔う度《たび》に嘆いていたものだ。

小次郎自身も藩士の子弟が通う城下の道場で門前払いを喰らった折に、罵倒された覚えがある。

(不忠もんの孫がのどっせな！　か……)

武家に生まれて剣を学ぶのは当然なのに、図々《ずうずう》しいと言われるとは思わなかった。

一度でも疑いを抱けば人は手のひらを返し、白い眼でしか見なくなる。

弥九郎を亡き者にし、可能ならば英龍も討ち取るように命じられて江戸に来た事が発覚すれば、小次郎も同じ目に遭うのだろう。

そう思うと、安心して毎日を過ごしてはいられない。

いつ足元をすくわれても慌てずに、謹《つつし》んで立ち去る覚悟だけは固めておこう——。

鼻歌交じりに水を汲むお美代に背を向け、小次郎は主屋の敷居を跨《また》ぐ。

広い土間では女中たちが持ち場に分かれ、忙しく働いていた。

この屋敷では、二箇所で煮炊きが行われる。

土間の入口に近い一画で盛んに湯気を上げているのが、家来と奉公人に供される飯と味噌汁を拵える竈《かまど》。式台を上がって右手に設けられた台所では、英龍と家族の食事が用意される。

味噌の香りが漂う中、小次郎は草履《ぞうり》を脱いで主屋に上がる。注連縄《しめなわ》が飾られた生き柱の前は素通りせず、屋根裏の棟札箱にも手を合わせるのを忘れない。

壁際にそびえ立つ生き柱は平安の昔、江川家の一族が韮山に住み着いた時に生えていた欅《けやき》がそのまま残された物で、棟札箱は幾重にも棟木が組まれた屋根裏の一番高い位置に祀《まつ》られた、日蓮上人《にちれんしょうにん》直筆の曼陀羅《まんだら》を納めた箱である。霊験《れいげん》によって火事が防がれていると信じられ、明暦《めいれき》の大火で被災した江戸城が修築される際には外した棟木が献上されたという。

生き柱も棟札箱も、江川家が歩んできた歴史の証し。長く世話になる身に非《あら》ずとも疎《おろそ》かにしてはなるまいと小次郎は思う。

食堂では配膳が始まっていた。

小次郎も自分の箱膳を取り、家臣が座る末席に着く。

程なく女中が回って来て、盛り切りの飯と味噌汁をよそってくれた。

杓文字《しゃもじ》を握っていたのはお美代。周囲に分からぬように小次郎の飯をぎゅっと碗に押し付け、多めに盛ってくれるのは毎度の事だ。

今朝の献立は、麦交じりの飯と豆腐汁。

添えた器に盛られた菜は、ずいき——芋がらの煮物であった。

「やれやれ、今日も麦飯か……」

「せっかく海が近いと申すに、たまには魚か貝が食いたいものだな」

ぼやいていたのは、奉公して日の浅い若党たち。地元の者ではなく、韮山代官の支配地の街道筋から伝手《つて》を頼って出て来た、農家の次男や三男坊だ。

主君の英龍の耳にまで届かぬとはいえ、文句を言うのは感心しかねる。

にも拘わらず小次郎が聞き流したのは、気持ちが分かればこそだった。

農民は自分の作った米を盆と正月、それから秋祭りの日しか食べられない。大半を年貢として取り上げられる上に、翌年の種籾《たねもみ》を取っておく必要があるからだ。

武家に仕えれば給金はともかく、白い飯とご馳走が腹一杯食えるはず。

そんな期待を抱いて奉公したのに一汁一菜で麦飯ばかりとあっては、ぼやきが出るのも無理はあるまい。

若党たちの不満の声を意に介する事なく、小次郎は黙々と箸を動かした。

江川邸で供される食事は、毎度申し分なかった。

お美代の番だと飯の盛りが良いのも有難いが、何よりも味付けがいい。

(むつごかもん……油っこいのより、ずっとええわ)

小次郎にとって、江戸の味付けは些か濃すぎる。

練兵館で岩が用意してくれる心尽くしの料理にも文句はなかったが、些か閉口したのは、歓之助との付き合いで口にした夜食だった。

地元で馴染んだ物とは似ても似つかぬ饂飩《うどん》の出汁《だし》は言うに及ばず、屋台で売られている鰻《うなぎ》や天ぷらも、油がくどい。全て奢《おご》りでは文句も言えず、いつも残さず平らげるのに四苦八苦させられたのも、思い起こせば懐かしい。

その点、練兵館と江川家の食事はいずれも好ましい物だった。

(ずきはいぐいと食えんもんだが、これなら申し分ないわ……)

丸亀藩で「ずき」と呼ばれる芋がらは、古来より有事の備えに欠かせぬ食材。武家では乾燥させ蓄えられる一方、日々の暮らしにおいても重宝されていた。

確かに「いぐい」――えぐみが強いため、あくを抜く手間が必須である。

練兵館と同様に一汁一菜でも、江川家の女中たちは調理の手を抜きはしない。主君と家族専用の台所はもとより、土間の竈で大量に拵える家臣と奉公人用の食事も、常に配慮が行き届いている。

だが、若党たちが閉口するのも分からなくはなかった。

このところ食膳に上るのは、ずいきを使った料理ばかり。

二日や三日ならばまだしも、十日も続いては飽きがくるのも無理はない。

非常の折の備えに手をつけねばならぬ程、家計が切迫しているのか。

有り得る事だと、小次郎は思った。

銃砲の買い付けなど大掛かりな予算が必要であれば、少々切り詰めた程度で賄《まかな》えるはずもない。

もっと身近なところで急な出費が生じ、食費を削減しているのではあるまいか——。

そんな小次郎の懸念は図星だった。

三

その頃、九段坂上の練兵館では弥九郎が思わぬ話を聞かされていた。

「お代官様に断られた？」

「うむ。探索ならば幾らでも引き受けると持ちかけたのだが、な……」

酒臭い溜め息を吐いたのは、朝餉の席を共にしていた利貞。

弥助を連れて韮山まで出向き、十日ぶりに江戸に戻ったのは昨夜の事。

途中の宿場で道草を食ったらしく、町境の木戸が閉まるぎりぎりの刻限に練兵館に着いて早々、そのまま寝てしまったのだった。

「やれやれ……せっかく草鞋を履いたと申すに、とんだ無駄骨折りだったぞ。街道筋ではツケも効かぬ故、有り金残らず使い果たして素寒貧《すかんぴん》じゃ」

ぼやくばかりの利貞の隣に、弥助の姿は見当たらない。

常の如く利貞に同行していたものの、帰りの道中での酒色遊興に付き合いきれなくなったのか、私用が有ると言って先に帰ったという。

「なーに、案ずるには及ぶまい。あやつはなかなかの男前だからの、儂の知らぬ所でおなごに粉をかけられ、居候でも決め込んでおるのだろうよ。ははははは、羨ましき限りじゃ」

「弥助は貴方様とは違いますぞ、ご隠居」

渋い顔で答えつつ、弥九郎は食後の白湯を啜った。

恩師の長男ではあるものの、今の利貞は斎藤家の居候。

可能な限り手厚く遇しているものの、朝から耳障りな事ばかり言われては、人格者の弥九郎をして礼を欠くのも無理はない。

「あの、ご隠居先生。間《はざま》にはお会いになられましたのか」

歓之助が遠慮がちに口を挟んだ。

「間？　ああ、あの若造か」

利貞は事もなげに答えた。

「お代官様が浦賀まで探索に差し向けたとの事でな、韮山には居らなんだ」

「されば、会わずにお戻りに⁉」

「うむ。御用が承《うけたまわ》れぬとなれば長居は無用だからのう。中食《ちゅうじき》だけ馳走に与《あずか》り、早々に引き上げた。相も変わらぬ一汁一菜であったが、ずいきの煮物はなかなか乙《おつ》な味付けでな、給仕をしてくれた女中も鄙《ひな》には稀な美形だったぞ」

「左様でございましたのか……」

落胆を隠せず、歓之助はうなだれる。

「これ、そのような顔を致すでないわ」

利貞は励ますように言った。

「そなたがあやつを案じておるのは、もとより承知の上じゃ。御用繁多と見えて顔を出さぬ故、ちびっ子共がこのところ元気が無いのも分かっておる。なればこそ話だけは仕入れて参ったのだ。あやつの暮らしぶりを知りたいのであろう？」

「そ、それは勿論にございます！」

「よしよし、されば聞かせて進ぜようか」

サッと顔を上げた歓之助に、利貞は語り始めた。

「美代と申す女中が言うには骨身を惜しまず働く故、屋敷の奉公人から大層好かれておるそうだ。力仕事はもとより掃除も厭わず、あの広い庭を隅々まで、朝も早うから掃き清めるのを日課にしておるらしいぞ」

「成る程……間らしゅうござるな」

感心する歓之助に続いて、弥九郎が口を挟んだ。

「して、学問は進んでおるのでしょうか」

「うむ、その事はお代官様から伺うた。素読も算学も進みは遅いが、毎日地道に取り組んでおる故、案ずるには及ばぬとのご所見じゃ。剣術も手の内から学び直し、癖を無くす事に専心しているそうだぞ」

「されば何も申しますまい。かたじけのうござる、ご隠居」

「いやいや、礼を言われる程の事はしておらぬよ」

利貞は気のいい笑みを浮かべて言った。

「あやつめ……何処に行っても気に懸けてもろうて、羨《うらや》ましき限りだのう」

呟く口調に敵意は皆無。

小次郎が懸念しているほど、利貞から危険視されてはいなかったのだ。

もしも練兵館にあのまま居座って頭角を現せば、贔屓の弥助の立場を脅かす存在と見なされ、排除されていたかも知れない。

結果として韮山に行く運びとなったのは、お互いに幸いだったと言えよう。

小次郎を英龍の側近くに置いたのは、弥九郎にとっても有益な事であった。

弥九郎は、江川家と密接な繋がりを持っている。

韮山代官所のために働くのも、英龍の亡き父親に見込まれたが故の事。撃剣館から独立して道場を持たせてもらい、その後も援助の口実に名目だけ配下とされて扶持だけ受け取るのを潔《いさぎよ》しとせず、自ら望んで数々の御用を果たしてきた。

しかし、練兵館を構えて二十余年、今や弥九郎も五十を過ぎた壮年の身だ。いつまでも若い頃のようには動けぬし、道場主として担う責も重い。

まして弥九郎は剣術に加えて、学問まで指南する立場である。

恩を返すのも大事だが、そればかりに力を注いでいられない。

利貞が代官所の御用を手伝い、弥助が助太刀するのを見逃していたのは、多少なりとも自分の代わりに、英龍の役に立てばこそであった。

とはいえ、利貞の目的はただの小遣い稼ぎ。見返りが得られなければ動かない。度が過ぎれば英龍にかえって迷惑がかかるため、どうしたものかと案じてもいた。

そんな折に小次郎が現れたのは、弥九郎にとって幸いだった。

代官屋敷に住まわせて文武の両道を修行させ、合間に御用を命じる分には報酬など与えるに及ばぬし、居場所が必要な小次郎自身にとっても悪い話ではない。見どころの有る若者と見込めばこそ罪を見逃し、お互いに有益な選択をしたのであった。

それにしても気がかりなのは、弥助の動向。

根っから真面目な忠義者が利貞の言う通り、女に引っかかっているとは思えない。

「ご隠居」

「何じゃ」

「弥助は何処に参ったのか、まことにお心当たりはござらぬのか」

「左様に改まって聞かれても……うーん……下田《しもだ》の辺りであったかのう」

「下田？」

弥九郎が怪訝《けげん》な顔をした。

口から出まかせと受け取ったわけではない。

伊豆沿岸の下田は、浦賀と共に異国船が出没しがちな場所である。故に浦賀と別に下田奉行所が設置されて警戒に当たっていたが、去る天保十四年（一八四四）に廃止と決まり、せっかく築いた二箇所の台場《だいば》——迎撃用の砲台も放棄され、近隣の沼津《ぬまづ》藩が設けた一箇所しか今は残されておらず、防備が万全とは言い難い。

公儀は浦賀の防衛にばかり力を入れているが、万が一出没したらどうするのか。

かねてより英龍は懸念し、弥九郎も意見を求められていた。

しかし公儀は進言しても受け付けず、下田奉行所は五年前に廃止されたまま。

やむなく英龍は独自に監視の網を張り、有事に備えている。

もしや弥助は利貞の知らないうちに密命を下されて、下田の探索に赴いたのではないだろうか――？

四

食事を終えた小次郎は箱膳を片付け、屋敷の奥へ向かっていた。

玄関近くの塾の間に、まだ塾生たちの姿は見当たらない。

英龍は上座に着き、黙々と墨を磨っていた。

「お代官様、お呼びにございますか」

「間《はざま》か」

英龍は穏やかな口調で答えた。

「苦しゅうない、近う寄れ」

「ははっ」

敷居際で一礼し、小次郎は座敷に入る。

膝を揃えて正面に座るのを待ち、英龍は墨を置いた。

「朝から呼び立てて雑作をかけるの」

「いえ、滅相もありませぬ」

「本日はちと遠いが、下田まで足を延ばしてもらいたい」

「下田にございますか？」

小次郎が首を傾げたのも、無理はない。

下田は天領ではあるものの、韮山代官の支配地外。下田奉行所が廃止されてからは浦賀奉行が管轄しているはずだが、何故に探索の必要があるのか。

「そなたを差し向けるのは初めてであったな」

穏やかな口調を変える事なく、英龍は続けて言った。

「知っての通り、下田は儂の支配地に非ず。目配りをせず、たとえ何が起ころうとも御公儀から叱りを受ける事は有るまい……だが、それでは拙《まず》いのだ」

「何故ですか、お代官様」

「そなたは知らぬだろうが、下田には浦賀と同様、これまでに幾度も異国の船が出没しておる。良港なれば当然の事だ」

「では、向後《こうご》も異国船が？」

「断言はできぬ……強《し》いて申さば、虫の知らせだ」

英龍は真剣に語っていた。

「己で申すのも何だが、儂の勘はよく当たる。これまでに無い大事が起きるのではと案じられてな、出来得る限りの手を打っておきたいのだ」

「……心得ました」

暫《しば》しの間を置き、小次郎は答えた。

「されば、下田を探って参ればよろしいのですね」

「うむ。異国船を見たと申す者が居れば、余さず話を訊き出すのだ。沼津藩の台場の備えも確かめて参るのだぞ」

「承知つかまつりました」

「頼むぞ」

一礼するのを見やり、英龍は満足そうに頷いた。

その上で告げたのは、思わぬ一言。

「下田には弥助を先に差し向けておいた故な、合力《ごうりき》して事に当たれ」

「弥助殿……にございますか⁉」

顔を上げた時にはもう、英龍は席を立っていた。

向かった先は、塾の間と渡り廊下で繋がる文庫。

講義を始める前に、必要な資料を選ぶ積もりであるらしい。

今さら異を唱え、役目を降りるわけにもいかなかった。


小次郎は自室に戻り、まずは装いを改めた。

まとったのは岩が餞別《せんべつ》に用意してくれた着物と袴。

仕立て直しではなく、一から寸法を合わせて縫ってくれた、着心地も良い心尽くしの一着だった。

袴の下に締め込んだ角帯は歓之助の譲ってくれたお古だが、適度に柔らかくなっているので、刀を速やかに抜くには都合がいい。

常の装いを選んだのは、行く先の土地柄を鑑《かんが》みての事だった。

下田は東海道から外れてはいるものの、物流と物見遊山の両方で栄える港町。

いつも探索に赴く沿岸の漁村とは違って町人を装わずとも大事は無いし、変装していると地元の役人に勘付かれてしまっては元も子もあるまい。武者修行の若侍が興味本位で歩き回り、あれこれ尋ねていると思わせたほうが得策と判じたのだ。

表門の潜《くぐ》り戸を抜けて、小次郎は代官屋敷を後にした。

屋敷の周りは浅いながらも堀に囲まれ、曲者《くせもの》が侵入するのを阻んでいる。

石造りの橋を渡り、歩き出す背中にもはや迷いはなかった。

弥助は油断のならない相手だが、敢えて争いたいとは思わない。

同門の士となったからには歩み寄り、理解し合いたい。

そう心に決めていたのであった。

今日は閏四月の八日。

下田近くの城ヶ崎《じょうがさき》沖に異国船が現れた、その当日の事であった。


「黒船だ！」

「黒船だぞー!!」

沿岸の人々が逃げ散るのをよそに、その船は堂々と海の上を進んでいた。

その船の名はマリナー号。

イギリス海軍に属する軍艦は、蒸気機関で動く。黒い煙を吹き上げながら航行しているだけでも、日の本の民にとっては異様な光景だった。

その光景を目《ま》の当たりにして、小次郎も腰を抜かしかけていた。

英龍から話を聞き、絵姿にしたのを見せてもらってはいたものの、直《じか》に目撃したのは初めての事。

まさに黒船と呼ぶより他にない、怪物の如き姿である。

不覚にもよろめいた刹那、サッと太い腕が差し伸べられた。

「しっかりしなさい、小次郎さん」

「や、弥助殿……」

「この辺りじゃないかと思ってね、網《あみ》を張っていて正解でしたよ」

驚く小次郎に頷くと、弥助は沖を往くマリナー号を指差す。

「あの方向は浦賀ですよ」

「うむ、そうだな」

「無理やり乗り込む積もりなら、護りが手薄な下田に迷わず向かうはずだ。浦賀にはお奉行が居るのを承知の上で、真っ向から話をしようって肚《はら》じゃないですかね……」

そんな弥助の読みは当たっていた。

マリナー号は浦賀沖に停泊すると小舟に乗せた使者を送り込み、浦賀奉行に会見を求めたのである。

もしも英龍がその職に在れば、柔軟な対応を行った事だろう。

しかし浦賀奉行所は交渉を拒絶し、近隣の諸藩から協力を得て迎撃する態勢を誇示したのみ。交渉の余地が無いと判断したマリナー号はそのまま沖に居座り、浦賀水道の測量を始めたのだった。

沿岸を移動するのを追い、浦賀へ向かった小次郎と弥助は、そんな光景の一部始終を目の当たりにしていた。

呆れたものだが、これが事実とあれば報告するより他にない。

「後を頼むぞ、弥助殿」

一言告げて、だっと駆け出す。

後ろから斬られるとは、もはや思ってもいなかった。

強大な力を前にして、争う事に意味は無い。

今はただ、英龍に有りのままを知らせるのみだった。

五

韮山に駆け戻った小次郎が報告に及んだ頃、マリナー号は再び沖に去っていた。

見張りを終えて帰参した弥助の報告によると、しばらく動く様子は無いという。

「今度は連中も本気でしょう。乗り込むとしたら下田ではありませんか」

「うむ……となれば、儂にお鉢が回ってくるだろうよ」

弥助の言葉に頷き返し、英龍は腰を上げた。

「誰かある！　皆を急ぎ集めよ!!」

号令一下、参集したのは四十名。

日頃から銃砲の調練で優秀な者ばかりの、配下から選りすぐった精鋭たちである。

「そなたたちも同道せい」

小次郎と弥助も伴われ、向かった先は江戸だった。

騎乗した英龍に従って、まずは品川から高輪《たかなわ》の大木戸を経て本所の屋敷に入る。

草鞋を脱ぎ、手甲脚絆を外して早々に連れ出されたのは日本橋。

「越後屋《えちごや》……？」

「さ、急がぬか」

怪訝な顔の小次郎の尻を叩き、英龍は真っ先に暖簾《のれん》を潜る。

日本橋の越後屋はその場で客の採寸を行い、好みのままに着物を仕立てるのが売りの名店である。

仕事が早い代わりに現金掛け値なしのため、当然ながらツケは利かない。

英龍は委細を承知の上で、ずしりと重い金包みを持参していた。

てきぱきと英龍の採寸を終えた手代たちの指示の下、抱えの縫い子が総出で仕上げたのは豪華絢爛《けんらん》な陣羽織と野袴だった。

「おお……」

配下の一同が感服したのも当然だろう。

錦《にしき》の布を惜しみなく用いた陣羽織は、その名も蜀江《しょっこう》錦。

いつも質素な木綿物で過ごしている姿から一転した、きやびらかな姿には小次郎も目を剝かずにはいられない。

「うまたげ（立派）な袴にございますなー」

だが、感心してばかりはいられなかった。

「こちらも仕上がりは上々じゃ。さ、まずはそなたから着てみるがいい」

「は？」

「これ、早う致せ」

英龍が告げると同時に、手代たちが縫い上げた品を持って来る。

蜀江錦の仕上がりを待つ間に、小次郎たちも採寸をされていたのだ。

もちろん、自ら注文をしたわけではない。英龍に急《せ》かされるまま、訳も分からずに寸法を採《と》られただけの事だった。

恐る恐る手に取って拡げてみると、こちらもきらびやかな陣羽織と袴。

蜀江錦には及ばぬまでも、華やかな一着である。

(……俺には似合いそうもない服じゃ)

小次郎は胸の内でぼやいたが、袖を通さぬわけにはいかない。

英龍の考える事は、常人の域を超えている。

大枚を散じて豪奢《ごうしゃ》な衣装を仕立て、配下の面々にまで洋風の服を与えたのは、そうする必要があればこそ。浦賀沖に停泊する異国船に対抗する策として、速《すみ》やかに事を為《な》したのだ。

ひとかどの人物と信じた以上、付いていくより他にあるまい。

似合わぬ陣羽織に袖を通しながら、肚《はら》を括《くく》る小次郎であった。


英龍が取った行動は、ただの勇み足とは違う。

浦賀奉行所だけでは対処しきれず、いずれ自分にお鉢が回ってくるに違いない。

左様に見越した上で、いち早く着手した準備なのだ。

衣装を調《ととの》える事から始めたのも、しかるべき理由が有る。

日の本が長崎以外の港に異国船を受け入れず、それもオランダと清《しん》に限定している事は、列強と呼ばれる欧米各国にとっては周知の事実。強《し》いて近付こうとすれば幕府も諸大名も実力行使に打って出て、砲撃されるのも承知の上だ。

にも拘わらず近海に再三出没し、沿岸の民を脅《おびや》かして止《や》まずにいるのは、こちらの戦力を侮《あなど》っていればこそだった。

軍備にも増して軽んじられたのは、外見がみすぼらしい事である。

武家の礼服である裃や直垂《ひたたれ》も異国の将官から見れば粗衣《そい》に過ぎず、欧州の長い歴史の中で洗練された洋装とは、比べ物にならない。

常着の羽織袴は言わずもがなで、月代をきちんと剃り、鬢《びん》付け油で結い上げた髷の形も珍奇としか映らぬし、どれほど立派な屋敷を構えていても、石造りの宮殿と比較されては旗色《はたいろ》が悪い。体格の違いに至っては、話にならぬ有り様だ。

遺憾ながら、認めざるを得ない事実と言えよう。

そんな事実を英龍に教えたのは、砲術の師で長崎育ちの高島秋帆。

出島《でじま》のオランダ商館員との日頃の付き合いを通じ、秋帆自身が感じ取った事を包み隠さず明かした上で、異国人が口には出さぬ本音を理解させたのだ。

英龍が蜀江錦の陣羽織と袴を誂えたのは、豪奢な生地《きじ》を惜しみなく用いた服ならば華やかと見なされ、認められると予想が付いていればこそ。

越後屋に同行させた四十名の配下にもきらびやかな軍装を新調し、小次郎と弥助の分まで用意させたのも、自分だけではなく家臣の面々も見劣りがしないように統一を図るためだった。

異国船の襲来を予期して食費を切り詰めさせ、浮かせた額に貯えを足して支払いに必要な額を捻出し、迅速に迎え撃つ態勢を調えたのである。

迎撃するといっても、問答無用で打ち払う積もりはない。

相手に甘く見られぬように身なりを調えて交渉に臨み、争う事なく退散してもらえるのならば、それでいい。

あくまでこちらの立場を認めず、銃砲を向けて来たら一戦交えるまでだ。

取り急ぎ韮山に戻った英龍が翌日から私塾の講義を自習にさせ、代官所の御用まで後廻しにした上で砲術調練を開始したのは、いざ銃火を交えた時になってから後れを取らぬためだった。

「セットオフ！」

英龍が直々《じきじき》に号令を発するや、サッと小次郎たちは銃を構えた。

角打《かくうち》と称される、近距離からの射撃訓練だ。

「アン」

続けて発せられた号令もオランダ語。

小次郎は慎重に狙いを定めた。

代官屋敷の裏手の山に設けられた角場《かくば》――射撃場に並んで立った面々と、標的の間を隔てる距離は十五間（約二七メートル）。

角と呼ばれる的《まと》全体の大きさは、八寸（約二四センチ）四方。その中心に付けられた角形の標的は、実に二寸（約六センチ）しかなかった。

しかも銃には照門《しょうもん》が付いておらず、狙いがなかなか定まらない。

英龍が配下に貸し与えたのは師の高島秋帆が出島を通じ、オランダから取り寄せたのと同じ型のゲベール銃。昔ながらの火縄式ではなく、フリントと呼ばれる火打ち石が仕込まれた当金《あてがね》で点火し、弾を放つ燧石《すいせき》式の歩兵銃だ。

雨に弱い種子島と違って天候に左右されない反面、狙い難いのは困りもの。小次郎と並んで構える弥助も、額に脂汗《あぶらあせ》を浮かべていた。

そんな二人をちらりと見やり、英龍は言い放つ。

「ヒュール！」

号令一下、どっと鉛弾が撃ち放たれた。

硝煙《しょうえん》の上がる中、小次郎と弥助は陣笠の下で慌てて目を凝らす。

他の面々は角に狙いを寄せており、中心を貫く者もいたが、二人が放った弾は的の端をかすめて割っただけだった。

「間と仏生寺はいま一度じゃ！　早う弾を込めい!!」

「ははっ」

声を揃えて答えた二人は、まだ熱を帯びている銃口から鉛の弾を装塡《そうてん》する。

射撃と共に英龍が力を注いだのは、敵が上陸した場合に備えた模擬戦だった。

選んだ場所は代官屋敷から程近い、韮山城跡。

一帯は細く伸びた丘陵になっており、周囲の護りを固める砦と城が尾根で繋がっていて連携がしやすい上に、空堀《からぼり》と土塁《どるい》に囲まれているため難攻不落。配下たちの体力の向上を兼ねた調練に用いるには申し分ない。

遺構が傷付くのを防ぐ上で実弾の発射は控えざるを得なかったが、攻守に分かれて模擬戦を行うだけならば障《さわ》りは無く、足場の悪い空堀を踏破《とうは》するのは、実戦さながらの斬り込みの訓練にも有効であった。

「腕の見せどころですね、小次郎さん。悪いですけど、一番乗りは頂きますよ」

「何を申すか。こちらこそ後れは取らぬぞ」

不敵に笑う弥助を見返し、小次郎は目をぎらつかせる。

共に陣笠を外し、頭に白鉢巻をしている。

この鉢巻を首級代わりに奪い合い、多く集めた組を勝ちとするのだ。

「私も練兵館の新参者ですが、小次郎さんよりは古株ですのでね……負けるわけには参りませんよ」

「おぬしがその積もりなら、俺も遠慮は致さぬ」

キツい調練に臨みながら闘志を燃やす相手は、城跡に展開して待ち受ける敵兵役の面々ではない。

歳が近く実力も拮抗《きっこう》しており、図らずも同門の士となった上に同じ隊に配属された二人は、互いに出し抜く気が満々であった。

「行きますよ」

「応っ」

弥助と小次郎は先を争って抜刀し、空堀を踏破して突撃する。

「ヤッ！」

「トォー」

気合いも鋭く振るう刀身は、刃が付いていなかった。

「むんっ」

相手の刀を打ち払った小次郎は、組み付きざまに投げ飛ばす。

一方の弥助は足払いで倒したところにのしかかり、喉元に切っ先を向けていた。

「ま、参った」

「ご無礼をつかまつりました」

にっこり笑って手を伸ばし、弥助は鉢巻を奪い取る。

攻守共に刃引きを振るいながらも手を抜かず、全力でぶつかり合う配下たちを、英龍は城の本丸跡から無言で見守る。

檄《げき》も飛ばさず見入っていたのは、誰もが真剣そのものであればこそだった。

六

小次郎の一日の始まりは、相も変わらず早かった。

今日も薄暗いうちに目を覚まし、竹箒を片手に庭へ出る。

井戸端から裏門前と順に掃いていく手付きは、常と変わらず丹念そのもの。五体がくたくたに疲れていても、日々の務めを休みたくはない。

無一文で練兵館の世話になっていたのに引き続き、今は代官屋敷に寄宿する身。庭の掃除ぐらいは毎日続けなくては、一汁一菜を馳走に与《あずか》るのにも気が引ける。

黙々と小次郎は落ち葉を掃き、庭の隅へと寄せていく。

「おっと」

少しでも気を抜くと足がよろけてしまうのは、眠りが足りていない上に調練続きで疲れが溜まっているが故の事だった。

苦手な角打に毎日取り組み、重たい銃を携えて駆けずり回った上に抜刀し、敵陣に斬り込む模擬戦を毎日繰り返すのは、並より丈夫な小次郎もさすがに堪《こた》える。

「あたしも手伝うよ、小次郎さん」

よろけながら掃除をするのを見かねたのか、お美代が歩み寄って来た。

「だ、大事《だいじ》ない」

小次郎は足元を踏み締めて立ち、笑みを返す。

「ただでさえ忙しいのに、兵糧の手数もかけて相すまぬな」

お美代に向かって詫びたのは英龍の指示を受け、毎日焼くパンの事。

秋帆の伝手《つて》で長崎の製法を導入し、七年前の天保十三年（一八四二）四月十二日に初めて試みて以来、新たな時代の兵糧として代官屋敷で作られ続けるパンは、腐敗を防ぐために徹底して水気が無くなるまで乾かされ、堅い事極まりない。

当然ながら滅多に腐る物ではないので本来ならば作り置きも無用だが、英龍はマリナー号との戦線が膠着《こうちゃく》した折に備え、お美代ら女中たちにも手伝わせて、せっせと量産させていたのである。

「焼くのは全然平気だよ。捏《こ》ねるのも楽しいし」

お美代は気のいい顔で言った。

「だけど小次郎さん、あんなものがよく喉を通るね」

「それが悩みどころでな、まともに嚙めば歯が立たぬし、水を含んでふやかしながら飲み込むのが何とも辛い。大きな声では言えないが、あれでは食うた気になれぬ」

「やっぱりねぇ。そんな事だろうと思って、むすびを焼いといてあげたよ」

「まことか？」

「この大きさだから、隠しとけば分かりゃしないさ」

そう言って前掛けの下から取り出したのは、小ぶりな竹皮包み。

醬油を塗って炭火で炙《あぶ》った握り飯は、まだ暖かい。

「それじゃね」

台所に戻っていくのを見送ると、小次郎は引き続き箒を動かす。

急ぎながらも入念に掃いたのは、足跡が目立つ武器庫の前。

調練に用いる銃や鉛弾を揃えるために、人の出入りが日々絶えぬからだ。

今日も朝餉を終えたらすぐに角打、次いで模擬戦が始まる。

実戦を想定した調練に明け暮れるうちに時は過ぎ、今日は閏四月の十三日。

昨日のうちにマリナー号が浦賀沖を離れ、ついに下田の沿岸に姿を現した事を、代官屋敷の人々はまだ誰も知らずにいた。


「ご注進！　ご注進申し上げます!!」

駆け付けた浦賀奉行所の物見《ものみ》の報告によると、マリナー号は途中で立ち寄った伊豆大島に続き、下田に上陸を試みる積もりでいるらしい。

まだ今のところは沖で測量中との事だが、油断は禁物。いつ砲門を開いて沿岸の台場を制圧し、揚陸《ようりく》を力押しで始めるか定かでなかった。

水際で足止めするには、こちらも備えが必要だ。

しかし、公儀の軍備は甚《はなは》だ頼りない。

天保年間に洋式大砲の本格導入が始まってから、まだ二十年足らず。

オランダからはカノン、ホーウィッスル、モルチールと三種の砲が伝来し、青銅製の模倣品が作られているものの肝心の強度が脆《もろ》く、大量の銑鉄《せんてつ》さえ有れば丈夫な砲の量産も可能だが、鋳造用の反射炉《はんしゃろ》が満足に普及していない今は難しい。

英龍自身も、かねてより反射炉の建設を試みてはいる。

しかしまだ着工には至っておらず、すぐにでも艦砲射撃を始めかねないマリナー号に対しては、手持ちの銃砲だけで対抗するより他になかった。

高島秋帆という稀代《きたい》の砲術家を重く用いるどころか罪に問い、幽閉している公儀の姿勢は愚の骨頂《こっちょう》。

当てにならぬ以上、韮山代官所が矢面《やおもて》に立つしかないのだ――。

風雲急を告げる事態を前にして、一同は闘志を高めている。

ところが今日はどうした事か、朝から英龍の姿が見当たらなかった。

「殿、殿！」

「お代官様は何処に居られる？」

「誰か知らぬかーっ」

江川家の家来たちも代官所の役人衆も、右往左往するばかり。

昨夜のうちに韮山を離れて本所の屋敷に立ち戻り、今は登城の支度を調えている最中であるとは、誰も気が付かずにいた。

英龍を江戸に呼び戻したのは、老中首座の阿部伊勢守正弘《あべいせのかみまさひろ》。

朝一番で登城させ、下知《げぢ》したのは予期した通りの事だった。

「異国船を退去させよ……左様な御下命にございますか」

「そのほうを措《お》いて他には任せられぬ。しかるべく、頼むぞ」

言葉少なに命じた正弘は、恰幅の良い美丈夫《びじょうふ》である。

鼻梁が高く涼しい目をした卵型の顔に、静かな怒りを湛えている。

日の本に押し寄せて無法を働く、異国船の暴挙を許すまじ。

品の良い面《おもて》に浮かぶ表情が、全てを物語っていた。

英龍は深々と一礼し、膝行《しっこう》して下がっていく。

御下命を受けたからには期待に応え、全力を尽くすのみであった。

下城した英龍は裃を脱ぐのももどかしく、馬に飛び乗った。

「ヤー！　ヤー!!」

韮山に向けて疾駆する、英龍の後に続くは弥九郎と歓之助。

江戸に戻ったと聞いて本所の江川屋敷を訪問し、火急の事態と聞くに及んで同行を志願したのである。

父子で揃って着けているのは、越後屋で仕立てた錦の陣羽織と袴。

登城した英龍が戻るのを待つ間に日本橋へ走り、越後屋で急遽仕立てさせた着衣は小次郎たちと同じ物。共に戦いの場に赴《おもむ》く上で、自腹を割いて購《あがな》ったのだ。

きらびやかにして動きやすい軍装に身を固め、弥九郎は達者に手綱を捌く。

一方の歓之助は、見るからに慣れていない。

「ち、父上っ……」

「しっかりせい。振り落とされても知らぬぞ」

「お、お待ちくだされ……」

父親に後れを取るまいと、歓之助は青息吐息《あおいきといき》で鬣《たてがみ》にしがみつく。

たちまち弥九郎の叱咤《しった》が飛んだ。

「馬鹿め、それでは脚が止まるであろうが！」

「さ、左様にございますのか……」

「そっと握っておればよい。そなたに初めて竹刀を持たせた、初心の頃を思い出せ」

「こ、心得ましたっ」

歓之助は言われるがままに、そっと鬣を握り直す。

「ヤー！　ヤー‼」

先を行く英龍は意に介さず、ひたすら急ぐのみだった。


韮山の代官屋敷に戻った英龍は江戸から駆け通した疲れも見せず、蜀江錦の陣羽織と野袴を身に着けた。

着慣れているのは調練の指揮を執《と》りながら、毎日まとっていたが故の事。手入れを毎日欠かさぬように命じておいたため、塵埃はもとより皺《しわ》ひとつ見当たらない。

集合した配下たちも全員、着衣を改めている。

ぱりっとした姿で整列していられるのは女中たちが連日の調練の汚れを拭き、火熨《ひの》斗《し》を当ててくれたおかげだった。

「ネームオップ！」

号令に従い、小次郎たちは高々と銃を掲げる。

捧《ささ》げ筒《つつ》の体勢を取り、一斉に頭を下げた先には英龍。

きらびやかな装いに相応しい、黄金造りの大小を帯びている。

斎藤父子は離れた処に立ち、感心しきりの様子で眺めていた。

「さすがはお代官様……お見事でございますなぁ、父上」

「うむ……」

感嘆する歓之助に、弥九郎は頷き返す。

いつもであれば息子の無駄口を注意するはずだが、今は無二の主君であると同時に莫逆《ばくぎゃく》の友でもある英龍の勇姿を目《ま》の当たりにし、感じ入るばかりであった。

「リュスト」

微動だにせず直立する一同に、英龍が下したのは「休め」の号令。

サッと銃を下ろした小次郎たちは、一斉に英龍へ視線を向けた。

「皆、頼むぞ」

日頃から全幅の信頼を寄せていればこそ、下知の言葉は短い。

「はっ!」

声を揃えて答える面々も、すでに覚悟は決まっている。

英龍の指揮の下《もと》で命を惜しまず、心を同じくして事に当たる所存だった。

隊列を組んで韮山から出立した総勢は、砲手まで含めると五十名を超えていた。

中心を成すのは、騎乗した英龍の周囲を固めて進む四十余名。

配下四十名に小次郎と弥助、そして斎藤父子を加えた面々だ。

弥九郎と歓之助は父子揃って江川家から借り受けたゲベール銃を担ぎ、弾薬入りの胴乱《どうらん》を肩から提《さ》げている。

かつて高島流砲術の軍事調練に参加した事のある弥九郎は当然の事、歓之助も銃器の扱いは習得済み。敬愛する英龍との同行を志願して軍装を誂えた時から、共に戦う覚悟は出来ていた。

小次郎と同じ隊に加えてもらった歓之助は、嬉々として歩みを進めている。

「馬子《まご》にも衣裳と申すが、その陣羽織、なかなか似合うておるぞ」

「いえ、若先生もよくお似合いにございますぞ」

前後に列を成して進みつつ、若い二人は嬉し気に言葉を交わす。

一方の弥九郎は前を向いたまま、横に並んで歩く弥助に語りかける。

「……子細はお代官より伺うた。ご隠居を出し抜いて下田に参り、いち早く異国船を見付けたそうだの。大儀であった」

小声で告げながら歩みを進める、足の運びは安定したもの。日の本の民には馴染みのない、手と足を交互に動かす西洋式の運足《うんそく》が、しっかり身に付いていた。

歩みを止める事なく、弥九郎は続けて語りかける。

「独《ひと》りで参れとご下命を受けての事とは申せど、ご隠居抜きに動きたがらぬそなたにしては、珍しい事もあったものだ。江戸への戻りが遅いと案じておったが、まさか間《はざま》と共に調練を受けておったとは思わなんだぞ」

「些か存念あっての事にございます、先生」

「間《はざま》の事が気になった……そういう事か」

「ふっ、埒も無いことを申されますな」

精悍な顔に苦笑を浮かべて、弥助は答えた。

「お忘れになられては困りますぞ。あの者は元を正せば先生の御命を狙いし、我らが一門の敵……何も知らずに気を許しておられる若先生には申し訳ありませぬが、私はあやつを認めてはおりません」

「ならば何故に、行動を共にしたのか」

「先生のためにございますよ」

「儂のため、とな?」

「人の心は弱きものにございます。まして妖甲斐に籠絡されし痴《し》れ者《もの》ならば、いつ翻《ほん》心《しん》しても不思議ではありますまい。その折は御身に危害が及ぶ前に、この弥助が引導《いんどう》を渡してご覧に入れましょうぞ」

「……そなた、本気で言うておるのか。我らが剣は不殺なるぞ」

「畏《おそ》れながら先生こそ、ご冗談はお止めくだされ」

弥助は淡々と続けて言った。

「我らがこれより向かいし先は、戦場《いくさば》にございますぞ。正しくはそうなるやも知れぬ場と申すべきでござろうが、異人共が得物《えもの》を向けて参れば遠慮は無用……返り討ちに致すは当然でありましょう。違いますか」

「そなたに言われるまでもない。その時は是非に及ばぬ」

「得心していただき、かたじけのう存じます」

薄く笑いながらも、弥助の歩みは規則正しい。陽光にきらめくゲベール銃を微動だにさせることなく、担いだ姿も様になっていた。

韮山を離れた一行が向かう先は網代《あじろ》の港。海路で下田に入って陣を敷き、マリナー号の動きを見極めた上で、迅速に対処する手筈であった。

七

異国船は問答無用で打ち払うばかりでなく、交渉に努《つと》める姿勢も必要である。日の本の近海に出没する理由は必ずしも侵略が目的とは限らず、保護した漂流民の引き渡し、あるいは船内で不足した薪水《しんすい》や食糧の補給を求めて、接触を試みる場合も有り得る。無条件には応じぬまでも、用件ぐらいは聞くべきだろう。

こたびの事件においても公儀はまず浦賀奉行に命じ、退去を勧告させている。

一触即発の状況を招いたのは拙《まず》いが、目的が測量である事を堂々と申し入れて来た相手も大胆に過ぎる。海の安全を守るのを日頃から使命とし、一本気な者が多い浦賀奉行所の面々が激昂し、追い帰したのも致し方ない仕儀ではあった。

しかし夜更けの海岸から沖に見え隠れするマリナー号を睨み付け、火縄銃と鑓《やり》を掲げて気勢を上げる一団の考えは、余りにも無謀だった。

「夷狄《いてき》をのさばらせてはなるまいぞ！　断固として、斬り尽くすのだ!!」

「異議なし！」

「異議なし!!」

蛮声を張り上げる面々は、浦賀奉行所のはみだし同心たち。

浦賀奉行の配下として現場で働く役人は、与力十名と同心五十名。

密かに得物を持ち出し、下田の沿岸に集結したのは、その中の八人だった。

与力は七十五俵取り、同心は二十俵一人扶持と、南北の町奉行所に比べると俸禄が少ない上に御用は繁多で、異国船の取り締まりに限らず、江戸湾を航行する船の監視や抜け荷の摘発にも忙殺されている。下田奉行所が廃止されてからは見廻りの範囲も拡がり、休む暇もない有り様だった。

こたびの一件が未曾有《みぞう》の大事である事は、もとより一同も承知している。

相手のふざけた目的が判明したからには頑《がん》として拒み通し、沖に出て斬り込むのも辞さぬ覚悟で、沿岸の防備を固めていた。

公儀から新たな命《めい》が下され、韮山代官に交渉役が一任されたのは、そんな最中の事であった。

寝耳に水の幕命が発せられたのは、浦賀奉行所の面々にとっては赤っ恥。徹底抗戦の姿勢を取った途端に腰を折られてしまっては、格好がつかない。

奉行からは軽挙妄動《けいきょもうどう》に走らぬようにと、あらかじめ釘を刺されてはいる。

しかし命懸けで戦う積もりでいたのを、虚仮《こけ》にされたまま黙ってはいられない。

はみだし同心が下田まで出張《でば》ったのは、日頃から快く思っていない、英龍に対する反感故の事でもあった。

「西洋かぶれめ、代官が聞いて呆れるわ」

「パンだの何だの、珍奇な物ばかり拵えおって……蘭癖《らんぺき》代官め、役にも立たぬ新式銃を御公儀に売り込みおった、高島秋帆を未だ持ち上げておるのも気に入らぬわ」

本来ならば韮山代官所とは連携し、事に当たらねばならないところである。

上役の与力や朋輩《ほうばい》の同心、そして通詞《つうじ》ら浦賀奉行の配下たちはそうする積もりで準備を進めていたが、英龍が進取の精神に富むのを日頃から快く思わずにいる、はみだし者の彼らは真《ま》っ平《ぴら》御免だった。

「何であれ新しければ優れておるとは限るまい……例のゲベールとか申す代物《しろもの》は甚だ狙いが付け難く、まともに当たらぬそうだぞ」

「その点、種子島は古くとも思いのままに扱えるからな。夷狄共が大筒を幾門揃えていようと先手必勝一発必中、射ち手さえ仕留めてしまえば只の鉄くずぞ」

「左様、左様。間髪《かんはつ》入れずに斬りかかり、大将首を挙げてしまえばいい」

「マセソンめを我らが倒せば、ご老中とて肚を括らざるを得まい。異国の船にはまず用向きを尋ね、薪水を所望ならば与えよなどと生ぬるい事は二度とお命じになられぬであろうよ」

はみ出し者でも抜かりの無い同心たちは、韮山代官所の動向も調べ済み。

英龍の率いる一行が下田に到着し、行動を起こすのは明日の事だ。夜が明けるまで見付かる恐れは無く、その後の行動も段取り済みであった。

マリナー号はこちらを侮ってはいるものの、頭から受け付けぬわけではない。現に去る八日に出現した折には、浦賀奉行所の与力が小舟で漕ぎ寄せたのを迎えて船に乗せ、マセソンと話をさせている。

英龍が同様に接近を試みても、追い帰されはしないはず。

そこに乗じて忍び寄り、韮山代官所の面々を弾除けの盾にして、一気に斬り込みをかける積もりなのだ——。

一夜が明けて、閏四月の十四日。

英龍一行は浦賀奉行所の面々と合流し、沖に停泊中のマリナー号に向けて船を出す運びとなった。

戦支度《いくさじたく》を調えては来たものの、あからさまに見せつけては逆効果。大筒は上から布を被せて隠し、小銃と刀のみを携えて甲板に立つ。

「斎藤先生？」

「おや、若先生のお姿も見えませんね」

小次郎と弥助が怪訝そうに周囲を見回す。

斎藤父子は何処に行ったのだろうか。

もとより昵懇《じっこん》の仲なれば、英龍の側近《そば》くに控えていると考えるべきであろう。

出港の準備で慌ただしい中、梯子段を降りた二人は胴の間の奥へと向かった。

英龍は陣羽織を脱ぎ、手ぬぐいで首筋の汗を拭いていた。

行軍中の疲れが出たのか、顔色が余り良くない。

「あの、お代官様」

小次郎は恐る恐る呼びかけた。

「ん？　間と仏生寺か」

側近の者が咎めようとするのを押しとどめ、英龍は白い歯を見せた。

「そのほうらにも雑作をかけるの。いよいよ本丸に乗り込む故、しかと頼むぞ」

「もとよりその積もりでございます。お任せくだされ」

先に答えたのは弥助。

小次郎に負けじと前に出るや、続けて問う。

「時にお代官様、斎藤先生と若先生はお側に居られぬのですか」

「いや、この船には乗っておらぬ」

「まことですか？」

「案ずるには及ばぬ。念のため、陸の守りを固めてもらおうと思うてな……別の役目を申し付けた」

「されば、我らも！」

今度は、小次郎が前に出た。

本音を言えば、沖まで行くのは気が進まない。

四国育ちでありながら船に酔いやすく、余程の用事が無い限りは乗らぬようにして生きて来た。

戦いに命を懸けるのは辞さぬが、あの苦しみは勘弁してほしい。現に網代から下田に向かうだけでも耐え難く、まだ足元がふらついている。斎藤父子が何を命じられたのかは定かでないが、持ち場を陸にしてもらえれば有難い。

しかし、英龍の答えは期待に反するものだった。

「そのほうらはこのままで良い。直《じき》に船出ぞ」

「……心得ました」

落胆を隠せぬ小次郎をよそに、弥助は合点《がてん》がいった様子で呟いていた。

「成る程、陸の守りか……それは確かに、入り用ですね」

「察しが付いたか、仏生寺」

「はい」

英龍に問いかけられ、弥助は微笑む。

「敵は目の前のみに非ず……でございましょう」

「左様。遺憾なれど、ままある事でな」

「助太刀はまことに無用ですか」

「うむ、あの二人に任せておけば大事あるまい」

確信をもって英龍が答えたのは、弥九郎との長い付き合いがあればこそ。

腕前はもとより人柄も背中を預けるに値するのは、もとより承知の上だった。

韮山代官の一行を乗せた船が帆を張った。

それを見届け、はみ出し同心たちも動き出す。

あらかじめ用意しておいたのは、二艘の小舟。

火縄銃を携えた六人が三人ずつ二手に分かれて乗り込み、残る二人はそれぞれ漕ぎ手として櫓を握る一方、接舷したら底に横たえた鑓《やり》を取り、縄梯子を伝って斬り込む役目を担っている。舷側に身を潜《ひそ》めて機を窺い、英龍がマリナー号に乗船するのを見計らって襲いかかり、前に立たせて銃弾を防ぎながら艦長のマセソン中佐の首を狙う作戦であった。

「さて、そろそろ参るか」

「うむ」

腰を下ろして煙草を吸っていた二人が、鑓を手にして立ち上がる。火縄銃の近くで火種を燃やすわけにもいかず、離れた場所で紫煙をくゆらせていたのだ。

小舟を乗り上げておいた砂浜に戻ると、仲間たちの姿が見当たらない。六挺の火縄銃だけが中に放り込まれ、肝心の射ち手が全員いなくなっていた。

「ははは、驚いたかい？」

告げると同時に立ち上がったのは、小舟の陰に身を潜めていた歓之助。

「このぐらいで度肝を抜かれちまうようじゃ、斬り込みなんかできやしないよ」

「うぬっ、何奴か！」

「皆を何処へやったのか。答えよっ」

「ほら、あそこだよ」

歓之助が指差す先で、六人の同心は気を失って倒れていた。

弥九郎と共に忍び寄り、続けざまに当て身を浴びせて失神させたのだ。

その弥九郎は持参の麻紐《あさひも》を用い、同心たちを後ろ手に縛り上げている。

ちょうど最後の一人を拘束したところに、残る二人が何も知らずに戻って来たのだ。

「おのれ！」

「よくも邪魔立てしおったな、うぬ！」

怒号を上げるや、同心たちは手にした鐺を繰り出す。

左足を踏み出しざまに突きかかる動きは速く、力強い。

応じる斎藤父子の動きは、それにも増して迅速だった。

抜いた刀を鐺のけら首に当てて突きを封じ、サーッと前に滑らせながら相手へ詰め寄ったのは「橋掛かり」と呼ばれる長柄《ながえ》武器への対処法。

一気に間合いが詰まった瞬間、反転させた峰を首筋に叩き込む。

打ち込む勢いではなく、斬られたと思い込ませる事によって意識を断ったのだ。

「ついに出来たな、おぬし」

「はい、父上……」

気を失ったのを見届け、歓之助は感慨深げに呟く。

峰打ちは手の内が錬れていなければ為し得ぬ高等技術。

図らずも実戦の場で会得した事に、感無量の様子であった。

八

マリナー号の甲板には水兵が整列し、英龍たちを迎える態勢を調えていた。

本音を言えば先日に続き、自分たちとは比べるべくもない貧弱さをあざ笑う積もりでいたのだろう。

だが、そんな期待は脆くも打ち砕かれた。

「お出迎え、痛み入る……左様に伝えよ」

同行した通詞に命じる英龍の顔に、先程までの疲労の色は見当たらない。

「お初にお目にかかる。それがし、江川太郎左衛門英龍と申す」

大きな瞳を前に向け、名乗る声には常にも増して張りがある。

きらびやかな蜀江錦の陣羽織と野袴が映えるのも、衣装負けせぬ貫禄と体格の持ち主であればこそだった。

どれほど威風堂々としていても、礼を失しては元も子もない。

握手を求めて来たマセソンに迷わず応じたのは、それが西洋式の挨拶である事を師の秋帆から聞かされていたが故の事。

知らずにいたとしても、戸惑う事はしなかっただろう。

英龍は配下たちの先に立ち、物怖じする事なく奥の船長室へと向かう。

続く面々の最後尾には、小次郎と弥助も加わっていた。

小次郎の顔は、英龍に劣らず血色が良い。

堂々たる姿に感服し、船酔いの辛さも一気に吹き飛んだのだ。

しかし、ひねくれ者はどこにでも居るものだ。

弥助が眉を顰めた相手は、大男揃いの中でも一際《ひときわ》巨漢の水兵だった。

「ハハハ、イエローモンキー」

意味は分からずとも、悪意を込めた呟きなのは分かる。

向き直るより速く、一喝したのは小次郎であった。

「うれしげんすな（生意気な真似をするな）！」

お国言葉で一声浴びせるや、だっと前に躍り出る。

巨漢が嗜虐《しぎやく》の笑みを浮かべつつ、殴りかかって来たのに応じたのだ。

大きな拳《こぶし》をかわしざま、お見舞いしたのは足払い。

どっと倒れたのに飛び乗り、間髪入れずに襟首を締め上げる。

気を失ったのを確かめて、そっと小次郎は技を解く。

「幾ら図体が大きゅうても、軸が定まっておらんといかん……」

何を言ったか分からぬのは、周りの水兵たちもご同様。

見た目で相手を軽んじると火傷する事だけは、十分に伝わっていた。


甲板の騒ぎも届かぬ船長室で、交渉が和《なご》やかに行われた。

マセソンは下にも置かず英龍をもてなし、とっておきの酒に果物、煙草を惜しげもなく振る舞い、歓待したのである。勧められるがままに瑠璃《るり》の杯を傾け、紫煙をくゆらせるしぐさは堂に入っており、全く見劣りがしていない。

何事も、師の秋帆の教えの賜物だった。

独りだけ完璧に振る舞えても、お供が全員みすぼらしければ、相手も真摯《しんし》に応対はしなかっただろう。

自分だけ着飾って配下に碌な装備を与えぬ将など、甘くみられるだけである。

それも急拵えとは見抜かれぬように、工夫が必要だった。

英龍は最初から一戦交える積もりで、配下たちに厳しい調練を課したわけではない。

仕立てたばかりの陣羽織と袴を連日に亘《わた》り、汚れるのも構わず着用させ続けたのは自分の兵は西洋の軍人に負けず劣らず、値の張る衣装を着こなしていると見せつけるのが真の目的であった。

馬子にも衣装とはいうものの、七五三の子供と同じでは話にならない。晴れ着ではなく軍服として購《あがな》ったのだ。

蓋《ふた》を開ければ数日前に初めて身に着けたばかりでも、山野を駆けずり回っていれば嫌でも着慣れるし、使い込んだ印象も醸《かも》し出せる。

もちろん埃《ほこり》まみれのままでは失礼だろうが、江川家の女中たちの手入れは行き届いており、安心して任せる事ができた。

そうやってマセソンの印象を良くした上で、英龍は更に芝居を打ったのだ。

「伝えよ」

通詞に向かって命じたのは、思わぬ一言。

「貴国にて何と申すか存ぜぬが、余は十五万の民を統《す》べる地位に在る者なり」

「こ、心得ましたっ」

動揺を慌てて押し殺すと、通詞は言われた通りにした。

韮山代官が一国の大名に匹敵する地を治めているとはいえ、あくまで立場は一代官に過ぎない。

それを敢えて明かさず、英龍は大大名であるかのように振る舞ったのだ。

もしも公儀に知られれば、身分を詐称したと咎められる事だろう。

だが、今は目の前の相手を納得させなくてはならない。

英龍は黙り込み、じっと相手の答えを待つ。

意を決した様子のマセソンの言葉を受けて、音吉がおずおずと申し出た。

「心得ました。速やかに退去を致します」

「かたじけない」

答える英龍の表情は、あくまで真摯。

相手からの贈り物は謹んで返上し、代わりに取り急ぎ狩り集めさせた鳥と獣の肉をマセソンと水兵たちに進呈したのは、せめてもの感謝のしるしだった。

九

翌日の十五日、錨《いかり》を上げたマリナー号は外洋に立ち去った。

大任を果たした英龍は配下たちの労をねぎらい、小次郎は暫《しば》しの暇を与えられた。

「江戸に帰るもよし、韮山に留まるもよし、ゆるりと過ごして構わぬぞ」

「まことですか？」

「ははは……万事そのほうの好きに致すがよい」

「かたじけのう存じます」

小次郎は深々と頭を下げた。

辞去した足で向かった先は、屋敷の女中部屋。

世話になった礼として、お美代に何か買ってやりたい。

英龍から下された褒美の金子《きんす》は、思いの他に多かった。

帯でも簪でも、好きな物を選ばせたい。

弾む足を運んだものの、見当たらない。

見付けた場所は裏山の角場。

連日の調練も休みとなり、広い空間は静寂に包まれている。

先にこちらに気付いたのは、逢い引きをしていた弥助。

「お、おぬしは……」

「無粋ですよ、小次郎さん」

悪びれもしない弥助の腕に抱かれたままで、お美代は恥じて顔を隠すばかり。
いつの間に男女の仲になったのかは定かでない。
小次郎にできたのは、黙って踵を返す事のみであった。

第四章　凱風快晴

一

歓之助は怒り心頭《しんとう》に発していた。

「どういう積もりだ、弥助っ」

告げると同時に拳《こぶし》が飛ぶ。

弥助は動じる事なく手のひらを拡げ、重い拳を受け止めた。

「おのれ！」

怒号と共に歓之助が蹴り付けるより、脚《あし》を絡めて阻むのが速い。

「逆らいおるか、うぬ！」

「落ち着いてくださいよ、若先生」

「どの口でそれを言うか、痴《し》れ者めっ」

誰もいない角場の直中《ただなか》で、砂埃《すなぼこり》を蹴立てて二人は揉み合う。

歓之助がここまで足を運んで来たのは、小次郎を江戸に連れて帰ろうと、あちこち探し回った末の事だった。

恥ずべき現場を見られたお美代は泣きながら、疾《と》うに走り去った後。

「こやつ、ふざけた真似をしおって！」

歓之助の怒りは収まらなかった。

未だ女人を知らぬ身でも、何をしていたのかは察しが付く。

お美代は自分から男を誘い、昼日中から事に及ぶほど軽々しい娘ではない。

新入りとはいえ江川家に奉公する身ならば、砲術の調練に用いる角場が神聖な場所なのは重々心得ているはずだ。言葉巧みに口説《くど》かれて、断りきれずに身を任せたのは明らかだった。

弥助がご隠居先生こと岡田利貞から仕込まれたのは、剣の技だけとは違う。年季の入った遊び人である利貞の薫陶《くんとう》よろしく、堅物《かたぶつ》のように見えて女泣かせなのを歓之助は知っていた。

それにしても、解せぬ話だ。

お美代が小次郎と親しくしているのは、弥助も承知の上のはず。

英龍を助けるため韮山に駆け付け、一日しか行動を共にしていない歓之助に察しが付くのだから、何日も前から屋敷に泊まり込み、二人の様子を目にしていて気付かぬはずがないだろう。

もとより弥助は女に不自由をしていない。

敢《あ》えてお美代を口説く必要など有りはしないし、むしろ遠慮をすべきだった。

晴れて同門の仲間となった、しかも今後は互いに好敵手として腕を競い合っていく小次郎と仲のいい女中に手を出すとは、一体どういう料簡《りょうけん》なのか。

何が狙いであるにせよ、許し難い。

弥助は練兵館の一門人。剣の才を見出して開花させたのは利貞だが、あくまで師匠は弥九郎だ。父の弟子が不始末をしでかしたからには、仕置《しおき》をせねばなるまい。

竹刀を取っては歯が立たずとも、喧嘩ならば負けはしない――。

「ヤッ！」

体勢を崩させた次の瞬間、歓之助が繰り出したのは足払い。

さすがの弥助も耐えきれず、どっと倒れる。

それでも袖口を引っ摑み、道連れにするのは忘れなかった。

「うわっ」

転倒させた歓之助に跳びかかり、弥助は馬乗りになる。

「お、おのれ……」

抗《あらが》おうにも、動けない。

両の膝で胴をがっちり挟まれ、襟首まで締め上げられては万事休すであった。

「ご無礼をお許しください、若先生。こうでもさせていただかなければ、話を聞いてもらえそうにありませんのでね……」

悔し気に顔を歪ませる歓之助を見下ろして、弥助は言った。

「どうか料簡をなさってください。私はただ、小次郎さんの本気を引き出したかっただけなのです」

「本気を引き出したい……だと?」

戸惑いながらも、歓之助は弥助を見返す。

「血迷うたわけではないと申すのか、うぬ」

「はい」

ふざけているわけではないらしい。

語る弥助の口調は熱を帯び、眼差しは真剣そのものだった。

「共に調練に励みて得心《とくしん》しました。小次郎さんは、確かに強い……したが、今のままでは物足りませぬ。若先生にはちょうど良いのやも知れませんが、もっと腕を上げてもらわなくては、私とは手が合いそうにありません」

「む……」

歓之助は黙り込んだ。

仮にも師匠の倅《せがれ》に対し、こんな事を面と向かって言うとは無礼の極み。

しかし弥助にしてみれば、これが本音なのだろう。

今の練兵館で弥助に太刀打ちできるのは、弥九郎のみ。

新太郎でも常に勝てるとは限らぬし、もとより歓之助では歯が立たない。初心の頃から手ほどきをしてきた利貞も、自堕落に遊び暮らしてばかりいては腕が衰える一方であり、もはや弥助にとっては物足りぬはず。新太郎が武者修行の旅から戻れば互角の勝負ができるまでに上達しているかも知れないが、それも確実とは言い難い。

故に小次郎に期待を寄せ、好敵手と呼べるまでに成長して欲しいのだ。

「若先生、本気を出した小次郎さんは侮れませぬよ」

弥助は歓之助に語りかけた。

「既にお聞き及びと存じますが、先だって異国船に乗り込みし折には、我らを小兵《こひょう》と侮った、大男の水主《かこ》をたちどころに締め上げました」

「その話ならば耳にしておる。実に鮮やかな手際だったそうだな」

「あの時の小次郎さんには、一片の迷いもありませんでした。下手《へた》を致さば他の水主共に射ち殺されていたやも知れぬと申すに微塵も恐れず、目の前の相手を倒す事しか眼中《がんちゅう》に無い有り様で、まことに惚れ惚れ致しましたよ。なればこそ、あの強さを常に発揮してもらいたいのです」

「火事場の馬鹿力では困ると申すか」

「はい。まぐれで私を破ったところで、嬉しくも何ともありませぬ故な」

「弥助……打ち倒されるだけで済まなんだら、何とするのか」

暫《しば》しの間を置き、歓之助は言った。

「おなごを知らぬ俺が申すのも何だが、恋の恨みとは深いもの……もしも真剣勝負を所望されたとしても、構わぬのか？」

「その時は是非もありますまい。潔《いさぎよ》う立ち合い、雌雄《しゆう》を決するまでの事。たとえ命を失うても、悔いはありませぬよ」

答える口調に気負いはなかった。

自分より強い相手と、燃え尽きるまで戦いたい。

それが仏生寺弥助という若者の、切なる願いなのだ。

すっと弥助が立ち上がった。

「ご無礼をつかまつりました」

差し出された手を握り、歓之助は無言で身を起こす。

事の顚末を弥九郎に伝えれば、弥助は破門にされるだろう。利貞がどれほど庇《かば》おうと無事では済むまい。

「……お美代には俺から詫びておく。その上で、他言は無用と釘を刺しておこうぞ」

「いや、若先生に尻拭いをさせては申し訳ありませぬ」

「気を遣うには及ばぬ。我らが一門のために、そう致さねばならぬのだ。余人に知れ渡るのが拙《まず》いのは当然ながら、父上のお耳に入っては事だからな」

「ご雑作《ぞうさ》をおかけ致します」

悪びれる事なく、弥助は深々と頭を下げる。

「されば、新しい着物の一枚も買うてやってくだされ」

懐から取り出したのは、英龍から授かったばかりの懐紙の包み。

本気になった小次郎と戦う事ができるのならば、褒美《ほうび》の金など惜しくはないのだ。

「もとより生娘《きむすめ》ではございませぬ故、それで気持ちは鎮《しず》まる事かと」

「おなごとはそういうものなのか、弥助」

「ご隠居先生からは左様に教えられました」

「ううむ、あの人は碌な事を申されぬな……」

「何事も身を以て学んだ故、間違いはないと仰せになるのが口癖にございますので」

「俺は余り知りとうないぞ。身も蓋《ふた》も無き事ばかり聞かされては、おなごが怖くなる一方だからな」

ぼやきながらも歓之助が懐紙の包みを受け取ったのは弥助と同様、小次郎の本気が見たいと思えばこその事だった。

二

物事は何であれ、思惑通りに運ぶとは限らない。

小次郎の真の力量を見極めたいが故、弥助と和解した歓之助の場合もそうだった。

「弥助も重々反省しておる。勝手を申して相済まぬが、これで料簡してはもらえぬか」

「はい」

「時にそなた、間《はざま》が何処に参ったのか存ぜぬか？」

「申し訳ありません、あたしのせいで……」

「泣かずともよい。そなたを責めておるわけではないのだ」

涙ぐむお美代を慌てて宥《なだ》め、歓之助は走り去る。

主屋は言うに及ばず文庫に武器庫、肥料蔵、更には韮山代官所の御用部屋から別棟の牢に至るまで覗いて回ったものの、肝心の小次郎がどこにも見当たらない。

英龍ばかりか弥九郎にも何も告げず、姿を消してしまったのだ。

お美代を説得できたところで、これでは何の意味も無い。

一方の弥助は屋敷の外まで走り、調練のために駆け巡った韮山城址を探し回ったが小次郎の姿は見出せない。

二人して弥九郎に呼び出されたのは、日暮れ近くになってからの事だった。

「間は何処へ参ったのだ、歓之助」

「いえ、存じませぬ」

「弥助、そなたも一緒ではなかったのか」

「はい」

さりげない態《てい》を装って答えつつ、二人は頰を伝う汗を手の甲で拭う。

「明日にも江戸へ帰らねばならぬと申すに、困った事だの」

弥九郎は顔を顰《しか》めて言った。

「そなたらも承知の通り、子どもらも間の戻りを首を長うして待っておるからの、共に連れ帰ろうと思うたのだが……お代官様は好きに致せと申し渡した故、旅にでも出たのではないかとの仰せであったが、断《ことわ》りもなく草鞋を履くとは考えられぬ。まことに何も知らぬのか？」

「はぁ」

重ねて問われ、歓之助は答えを濁すばかり。

傍《かたわ》らに座った弥助も、黙っているより他になかった。

意中の女人を寝取られたからには必ずや、怒りに燃えて挑んで来るはず。

そんな見込みが脆《もろ》くも崩れ、困惑するばかりだった。

「そなたたち、何としたのだ」

「ななな、何でござるか、父上」

「先程から気になっておったのだが、やけに汗をかいておるの。今日はそれほど暑くはないはずだが、体の具合でも悪いのか」

「い、いいえ」

答えに窮した歓之助は、苦しまぎれに答えた。

「ち、父上」

「何じゃ」

「間《はざま》の事にございますが、もしや国許に帰ったのではありませぬか」

「国許とな」

「異国船騒ぎを鎮めるに際し、お代官様よりお褒めに預かったのは誉れの極み。もとより子細までは存じませぬが、故あって脱藩に及びし身であれば、故郷へ錦を飾るに相応《ふさわ》しい土産話でありましょう」

「成る程……それは確かに有り得るの」

合点がいった様子で、弥九郎は頷く。

苦しまぎれに歓之助が言った事は、図らずも正鵠《せいこく》を射た答えであった。

小次郎は弥九郎を暗殺するという、丸亀藩が表沙汰にできかねる所業に及びかけた身である。狙われた弥九郎自身が不問に付し、英龍が韮山代官の威光を以て藩邸のお歴々を取り成した甲斐あって落着したものの、国許には小次郎の家族が居る。聞いたところによると累《るい》が及ぶ恐れはないとの由だが、大名の家中は治外法権。独自に裁きを下しても公儀は干渉できず、英龍といえども調べを付けるのは難しい。

マリナー号の一件が無事に解決し、暇を貰った小次郎が様子を見に戻るというのは有り得る事だ。

手ぶらで帰れば無事では済むまいが、一歩間違えば異国の軍艦が江戸に攻め込んでいたかも知れない大事を未然に防ぐ上で一役買ったとなれば、丸亀藩も小次郎を無下《むげ》に扱うわけにはいくまい。たとえ家族が罪に問われていたとしても、一等減じられるに値する手柄と言えよう。

「相分かった。我らは江戸に立ち戻り、あやつの帰りを気長に待とうぞ」

「ははっ」

弥九郎の提案に、歓之助と弥助は声を揃えて答える。

まさか本当に丸亀へ向かったとは、思いもよらずにいた。

三

マリナー号の一件が解決して十日が過ぎ、閏四月も末に至った。

陽暦ならば六月の上旬である。

梅雨も間近の東海道を、小次郎は黙々と進み行く。

韮山代官屋敷を後にして、小次郎が向かった先は伊勢国《いせのくに》。

危険を承知で帰国したのは、故郷へ錦を飾るためとは違う。

お美代の事で打ちのめされ、傷心の旅に出たのでもなかった。

知らぬ間に弥助とそういう事になっていたのは、確かに堪《こた》えた。

しかし、あくまできっかけに過ぎない。

小次郎はかねてより、人に明かせぬ不安を胸の内に抱えていた。

自分は弥九郎を、そして可能ならば英龍まで殺《あや》めるという、取り返しのつかぬ所業に及びかけた身。幸いにも未遂に終わったとはいえ、いつの日か報いを受けるのではあるまいか。そう思う度《たび》に、心が乱れた。

露見すれば、公私共に無事では済まぬ事だろう。

弥助か利貞に告げ口され、何も知らず親切に接してくれる人々から一斉に手のひらを返されるのではないか、このまま文武の修行に勤《いそ》しみながら安穏と過ごしていても許されるのだろうかと、思い悩まぬ日はなかった。

そんな葛藤を紛らわせてくれたのが、あの異国船騒ぎだったのだ。

未曾有の大事を防ぐために皆で一致団結し、弥助に続いて斎藤父子とも志を同じくして共に戦っていられる間は、付きまとう不安を忘れる事もできた。

だが危急存亡の秋《とき》が過ぎれば、人はそれぞれの問題と向き合わねばならない。

故に小次郎は決着を付けるべく、代官屋敷を飛び出したのだ。

虎ノ門の丸亀藩邸に足を向けず、国許を目指したのは、清武と再び戦ったところで何の意味もないと判じたからである。

どのみち許されぬのならば、家族を救うために命を捨てたい。

国許に残したままの父と母と兄夫婦、幼い甥と姪をいつまでも放っておくわけにはいくまい——。

かかる決意を胸に秘め、東海道に踏み出したのである。

もとより健脚である上に肚が据われば、足の運びも早くなる。

伊勢に入って船に乗れば、その日のうちに丸亀の港に着けるはず。

これまでの道中と同じく武者修行の浪人になりすまし、まずは城下に入るのだ。

巾着に手を突っ込み、小次郎は銭を数える。

英龍から授かった褒美の金子《きんす》も、残り僅か。

船賃を先払いした後は、水腹で過ごすより他になかった。

梅雨入り前の海は凪《な》いでいた。

揺れやすい安席も、この様子ならば落ち着いていて申し分ない。

小次郎は船底の一角に横たわり、黙然《もくねん》と目を閉じていた。

こうしていれば、自ずと眠気を誘われる。

だが小次郎に迫り来たのは、睡魔より剣呑《けんのん》な相手だった。

異変が起きたのは、丸亀の沖まで来た時の事。

「む！」

刀に手を伸ばした時は、もう遅い。跳び起きるのを阻まれたばかりか、帯びたままの脇差まで取り上げられていた。

両側から腕を押さえられ、目隠しまでされては万事休す。

「おのれ、何者だっ⁉」

「静かにせい」

頭上から告げる口調は居丈高《いたけだか》。

腕に触れた袴の感触から察するに、相手は士分であるらしい。

船はまだ、港に入っていないはずである。

小舟を漕ぎ寄せて乗り込み、問答無用で身柄を押さえたのだ。

偶然見つかったとは考え難い。

小次郎が韮山から丸亀に向かったのを承知の上で、網を張っていたのだろう。乗り合わせた他の客たちが騒がぬのも、襲い来たのが無頼の輩ではなく、丸亀藩の者であるからに相違ない。

それにしても、目的は何なのか。

英龍が幕閣を通じて藩の上層部に働きかけ、脱藩に及んだ件は既に不問に付されて久しいはずだ。

にも拘わらず小次郎の行動を監視し続け、身柄を押さえるとは解せない。

拘束した真意については、相手も明かす積もりが無いらしい。

「観念せい。大人しゅう同道致すが身のためぞ」

「そういう事じゃ。命が惜しくば逆らうでない」

がっちり腕を押さえた二人が、両側から告げてくる。

為す術《すべ》の無いまま、小次郎は引っ立てられた。

舷側から降ろされた縄梯子《なわばしご》を伝い、下で待っていた小舟に降り立つ。

目隠しをされていては抵抗できず、梯子を伝い降りるだけで精一杯。前後を挟んだ相手の手足を摑み、海に叩き込んだとしても道連れにされてしまい、こちらも鱶《ふか》の餌と化すのが目に見えていた。

小次郎を連行した三人組は、用意の小舟に乗り移っても油断をしなかった。

「ここから先は楽にしておれ。ただし、勝手に動くでないぞ」

小舟に乗せて早々にそう言って縄を打ち、手足を縛り上げたのは、隙を見て小次郎が暴れ出すのを防ぐため。

目隠しを外《はず》してくれる様子も無い以上、黙って従うより他になかった。


港に着いてすぐ駕籠に移され、運ばれた先は静謐《せいひつ》な雰囲気の漂う屋敷。

式台に横付けした駕籠から引きずり出され、歩かされた廊下は長い。

「早うせい」

部屋数の多い、格式有る武士の住まいであるらしい。

それにしても個人の屋敷に連行するとは、どういう事か。

諸大名が治める城下にも江戸と同様、町奉行所が存在する。

武士を裁くのは目付だが、小次郎は士分といっても足軽の子、それも家督を継げぬ次男坊だ。町奉行所の牢に放り込まれ、碌《ろく》に飯も与えられない扱いを受けたとしても文句は言えまい。

にも拘わらず、立派な屋敷に連れ込まれるとは解せぬ話だ。

まさか町奉行どころか目付まで飛び越えて、藩の上層部が直々《じきじき》に取り調べる積もりなのではあるまいか。

「頭《ず》が高いぞ、控えおろう」

縄尻を取った者が、ぐいと頭を抑え込む。

やはり、かなりの大物の御前に連れて来られたらしかった。

逆らう事無く、小次郎は跪《ひざまず》く。

聞こえてきたのは、覚えのある声だった。

「待ち侘《わ》びたぞ、間小次郎」

「あ、貴方様は……」

目隠しをされたまま、小次郎は絶句する。

声の主は京極清武。

かつて小次郎と竹刀を交えて退《しりぞ》けられた、丸亀藩主の異母兄であった。

四

小次郎は縄を解かれ、目隠しを外された。

「左様に念を入れるには及ばぬ。楽にしてやるがよかろうぞ」

清武が寛容な態度を取ったのは、護りを固めていたが故の事だった。

近侍《きんじ》の面々は襷で両の袖をたくし上げ、袴の股立《ももだ》ちを取った臨戦態勢。次の間に控えた者たちは鑓《やり》を持ち、弓を構えた者の姿も見える。

大小の刀を取り上げられた小次郎に、為す術など有りはしない。

「ふっ……相も変わらず不敵な面《つら》だの」

黙り込んだのを見返して、清武は微笑んだ。

「察しは付いておるだろうが、うぬの動向は先刻承知じゃ。下田を脅《おびや》かせし異国船の一件では、夷狄《いてき》の大男を苦も無く締め上げたそうだのう」

小次郎は答えない。

褒められる謂《いわ》れのない相手に賞賛され、戸惑いを覚えてもいた。

「日の本の武士の面目を大いに施したのは、とりあえず褒めて取らそう。したが、俺に与えた恥辱だけは、きっちりと雪《そそ》がせてもらおうぞ」

「……」

小次郎は黙ったまま、頭を下げているのみだった。

清武は家督こそ継げぬ身だが、家中における地位は高かった。

隠し子でも主君の御曹司であり、居並ぶ家臣たちはもとより、藩のお歴々でも遠慮が多い。足軽の次男坊が直《じか》に口を利くどころか顔を合わせるのさえ、本来ならば有り得ぬ事なのだ。

それにしても清武が自ら丸亀に戻り、待ち受けているとは思わなかった。

再戦を望むのならば丸亀の城下どころか韮山に出張る必要すら無く、小次郎を呼び出した上で練兵館を訪れれば良かったはず。わざわざ身辺を監視し、身柄を押さえる必要があったとは思えない。

不可解な行動の理由は、清武自身の口から明かされた。

「うぬ、先だって立ち合うた折に手加減をしたであろう」

「……」

「お答え申し上げぬか、間っ」

脇腹を小突いて促したのは、傍らで見張っていた屈強な家臣。

丸亀の港に着く前に船へ乗り込み、小次郎を連行した三人組の頭《かしら》である。

妙な動きをすれば即座に取り押さえるべく、配下の二人も背後に控えている。

否応なく、すっと小次郎は顔を上げた。

「畏れながら、若様におかれましては、竹刀に不慣れな事と存じました故……」

「やはりそういう事であったのか。俺も甘く見られたものだの」

怒り出すかと思いきや、清武は微笑むのみだった。

やおら腰を上げ、小次郎へと歩み寄って来る。

「見るがいい」

間近に腰を下ろし、拡げた左手を突き付ける。

分厚い手のひらにあるのは、紛れもない竹刀胼胝。

「どうだ、これならうぬにも見劣りすまい？」

「……よほど稽古を積まれた事と拝見つかまつりました」

「ははは、認めおったか」

機嫌よく笑うと、清武は続けて命じた。

「いま一度、俺と立ち合え。もとより遠慮は無用なれば、俺の足腰が立たなくなるまで打ち込んで参るがいい。二度と手加減など致すでないぞ」

「………」

「前もって伝え置くが、うぬの身内はこちらの掌中《しょうちゅう》に在る。生かすも殺すも俺の胸先三寸で決まると心得よ」

「……承知つかまつりました」

小次郎がそう答えたのは、家族を想っての事だけではない。

清武が本気と察すればこそ、再戦の求めに応じたのだ。

わざわざ国許に戻って親兄弟の身柄まで押さえずとも、小次郎と竹刀を交える事はできたはず。腹に据えかねていたのであれば立ち合いなど所望せず、数に任せて討ち取らせれば済んだ話だ。

だが、清武はそんな事など望んではいないらしい。

あくまで一対一の勝負にこだわり、小次郎を自ら叩きのめしたいのだ。

家族を人質に取ったというのも、こちらの本気を引き出したいが故なのだろう。

そこまでお膳立てをされたからには、引き下がってはいられなかった。

肚を据えて勝負に臨み、勝利を得るより他にあるまい——。

暫時《ざんじ》の後、小次郎は屋敷内の稽古場で清武と対峙《たいじ》した。

共に素面素小手で、防具の類は着けていなかった。

手にした竹刀も、共に同じ。

一切の差を付けず、あくまで尋常な立ち合いであった。

作法通りに向き合って、礼を交わす。

思えば奇妙な事だった。

本来ならば立ち入るのさえ許され得ぬ場所で竹刀を取り、藩主の御曹司と対峙するなど、以前の小次郎には考えられぬ事だった。

身分が低いが故に剣を学ぶのもままならず、道場破りを繰り返して腕を磨き、技を盗まざるを得なかった少年の頃を思い起こせば、こうしているのが信じ難い。

「ふん、良い顔をしておるの」

微笑む清武の表情も、以前と違って吹っ切れたものだった。

小次郎の家族の身柄を押さえたのは、いたぶるのが狙いではない。

以前の清武ならば嬉々として、非道な所業に及んだだろう。

しかし今は、そんな薄汚い気持ちなど、微塵も持ち合わせてはいなかった。

本気で向かって来るのを相手取り、返り討ちにしなくては無意味。

そう思えばこそ人質を取り、小次郎に覚悟をさせたのだ。

「参る」

告げると同時に、清武は竹刀を振りかぶった。

胴をがら空きにして上段の構えを取るのは、誘いの一手。

よほど腕に自信が無い限り、できぬ事である。

この誘いに乗るべきか、否か。

小次郎は迷う事なく、だっと足元を蹴って跳ぶ。

「ヤーッ」

「応っ！」

気合いの声と竹刀の響きが交錯する。

小次郎が逆袈裟《ぎゃくげさ》に見舞った一撃を、清武は上段から打ち落としたのだ。

負けじと切り返した小次郎の竹刀を受け止める防御の堅さも、以前とは見違える程に進歩を遂げていた。

斎藤父子に惨敗を喫し、小次郎にも後れを取った清武は、力任せに打ち合うばかりが能ではない事を知ったのだ。

相手の太刀筋を先読みし、裏をかいて制するのは卑怯《ひきょう》に非ず。

戦国の乱世においても、合戦場で行われていた事なのだ。

左様に悟ったのを機に、清武は防御も磨きをかけた。

長い脚を駆使し、打ち込みを躱す体の捌《たいさば》きは機敏そのもの。

空振りをさせられながら、小次郎は焦ってはいない。

大人と子どもほども背丈の違う相手に挑みかかる、五体の動きは軽やかだった。

人質の事を忘れたわけではなかった。

こちらの本気を見るのが清武の望みならば、期待に応えるのみである。

しかし気負って堅くなるばかりでは、真の力は発揮し得ない。

先の事は先の事。

今は、この勝負に専念するのみ。

経緯はどうあれ、清武は小次郎と本気で戦うのを望んで止《や》まずにいる。それも本身《ほんみ》ではなく、竹刀を用いるのを受け入れた上の事だった。

斬りたいわけではない。

純粋に技を競う事を、争いたい。

左様に望んでいる以上、小次郎には応える責がある。

自分は練兵館への入門を許され、韮山塾の末席にも連なる身。

神道無念流が理想とする不殺の剣を尊重し、実践してきた斎藤弥九郎と江川英龍の二人に師事する立場となったのだ。

清武が竹刀で挑んでくるからには全力を以て応じ、決着を付けねばなるまい。

そう思い定めた事により、小次郎は吹っ切れた。

軽々しい動機で人を殺めんとした前非を償《つぐな》うために、そして流儀の理想を貫くためにも、負けてはなるまい――。

今はその一念の下《もと》、戦い抜くのみであった。

「ヤッ」

「トォ」

小次郎が打ち、清武が防ぐ。

清武も、守りに徹してばかりいたわけではない。

「エイ！」

間合いを切り直した瞬間、見舞ったのは鋭い突き。

六尺豊かな巨体が躍り、竹刀が前へと突き出される。

足捌きで躱されても引き下がらずに、二度、三度と続けて繰り出す。

「そこですぞ、若っ」

「一気に勝負を決めなされ！」

熱気に煽られ、声援を送る家来衆も熱い。

以前に練兵館へ乗り込んだ折は頭から相手を小馬鹿にし、清武が弥九郎に追い込まれるまで余裕綽々でいたものだが、今は小次郎を軽んじてはいない。取るに足りない足軽の小倅であるのを思わず忘れ、主君の好敵手と認めていた。

息詰まる攻防は続いていた。

「ヤッ、ヤッ!、ヤッ!!」

気合いも鋭く、清武は連続して突きを見舞う。

見れば、柄《つか》を左手だけで握っている。

巨軀を活かして繰り出す片手突きは、かつて江戸を席巻した大石進種次の得意技を模した一手であった。

竹刀は手にして日の浅い清武だが、鑓の扱いは少年の頃から学んでいる。

聞けば進は柳河藩の鑓術師範の家に生まれ、不得手な竹刀剣術で勝ちを得るために片手で竹刀を繰り出して、正確無比に突く技を徹底して磨いたという。

肝心の体の動きが付いていかなければ奇策に過ぎないだろうが、進は力士顔負けの巨漢であり、並より長い竹刀を自在に振るえるだけの膂力《りょりょく》を備えてもいた。

その点は清武も共通しており、相撲好きの父が虎ノ門の藩邸で召し抱えている力士たちを相手取り、鍛えた力にも自信がある。

必要な条件が揃っているというのに、迷ってはいられない。

人真似をするのを恥と思わず、励んだ結果は吉と出た。

片手突きは半身となる事により、両手で突くよりも間合いが拡がる。

相手にとっては当然ながら、不利な状況だ。

体格さえ近ければ、こちらも突きで応じる事によって張り合えよう。

しかし、小次郎は身の丈が五尺に満たない。

体格の差は、機敏な足捌きで埋めるより他になかった。

「ヤーッ！」

清武の攻めは留まるところを知らなかった。

体格が恵まれているのに慢心せず、十分に鍛え込んでいればこそだった。

以前は考えなしに口にしていた酒の量を控え、煙草に至っては一服たりとも吸ってはいない。のみならず色町からも足が遠退《とおの》き、稽古ばかりに熱中していた。

何事も小次郎との再戦を期し、勝利を得たい一念の為せる業《わざ》。

家来たちにとっては喜ばしい限りであった。

「いま少しですぞ、若っ」

「ご存分におやりくだされ！」

惜しみない声援を背に受けて、清武は小次郎に突きかかった。

酒色遊興を慎む事で内面からも正された、体《たい》の捌きは俊敏にして力強い。

負けじと小次郎も機敏に動き、迫る竹刀の切っ先を躱していた。

勝負に出たのは、壁際まで追いつめられた刹那だった。

「ヤ――ッ!!」

渾身の突きを喰らったのは、背後の羽目板《はめいた》。

小次郎は足元を蹴り、高々と跳び上がっていた。

「うぬっ」

清武が迷わず竹刀を投げ捨てたのは、羽目板を突き破るのと同時に割れてしまったが故の事。共に打物《うちもの》を失ったからには格闘し、雌雄を決するのみである。

ふわりと小次郎は宙を舞い、清武の背後へと降り立った。

「むっ!?」

後ろから腰を抱え込まれたと気付いた時には、もう遅い。

思い切り踏ん張りを効かせ、小次郎が見舞ったのは反《そ》り投げ。

丸亀の城下で道場破りを繰り返していた頃、飽き足らずに乗り込んだ柔術《じゅうじゅつ》の道場で返り討ちにされた時に喰らった一手だ。

清武ほどの巨漢を相手に試みたのは、初めての事である。

見事に決まったのは相手の道場にしつこく乗り込み、毎度痛い目に遭わされながら体で覚えた技の切れが有ればこそだった。

「若――っ!!」

血相を変えて家来衆が駆け集まった。

「おのれ、無礼者っ」

「成敗してくれるわ！　そこに直れい!!」

数人が脇差を抜き連ね、小次郎を取り囲む。

と、清武が大儀そうに体を起こした。

「ま、待てい……」

気を失うに至らなかったのは、咄嗟《とっさ》に受け身を取っていればこそ。

小次郎に劣らず五体を鍛え上げており、美形ながら首も太い清武でなければ即座に失神していたに違いない。

よろめく足を踏み締めて、清武は立ち上がった。

「そのほうら、手出しは許さぬとあらかじめ命じたはずぞ」

「若……」

「さ、されど、これでは御家の面目が……」

「やかましい。余計な真似を致さば、更に俺の格が下がるであろうが」

「も、申し訳ありませぬ」

圧倒されて逆らえず、家来衆は押し黙る。

一斉に脇へ退いたのに目も呉れず、清武は小次郎に歩み寄っていく。

「俺の負けだ、間《はざま》」

告げる口調に迷いはない。

続いて発する言葉にも、以前の嫌みたらしい響きはなかった。

「意表を突かれし一手なれど、技の切れは認めてやろう。竹刀剣術は打ち合うばかりが能には非ず、組み討ちの冴えも大事であるのを、俺とした事が忘れておったわ」

気負う事なく、清武は言った。

「したが間《はざま》、ゆめゆめ慢心致すでないぞ。俺が組手に、そして片手突きに更なる磨きを掛ければ、その時は体格の差が物を言う……いつまでも勝ち続けるのは叶わぬ事と覚えておけい」

「心得ました」

小次郎も、臆せずに問い返す。

「さればいま一度、お立ち合いをご所望なのですか」

「いずれ折を見ての事だ。さすがに今日はくたびれたわ」

苦笑を浮かべて答えると、清武は小次郎に背を向けた。

「そのほうが身内には指一本触れてはおらぬ故、安堵せい。家中の重役共にも余計な仕置は無用と釘を刺してあるからの、何も案じるには及ばぬぞ」

大きな背中越しに告げる口調に、以前のとげとげしさは無い。

立場の違いを踏まえながらも、小次郎を好敵手と認めたが故の事だった。

「しばらく当家に逗留致せ、間」

「えっ？」

「そのほうから一本取るまで、江戸にも韮山にも帰しはせぬから覚悟せい」

「若様……」

「勝ち逃げはさせぬと申しておるのだ。左様に心得置くがいい」

有無を許さず言い渡し、清武は稽古場を後にする。

家来衆に両脇から支えられながらも、楽しげな面持ちだった。

五

清武の屋敷に寄宿してから五日が経った。

「参るぞ、間っ」

今日も清武は勢い込んで、小次郎に挑みかかって来る。

相も変わらず意気盛んだが、肩には余計な力が入っていない。

恵まれた長身を無駄に動かす事なく、流れるように体《たい》を捌いていた。

応じる小次郎の竹刀の捌きも、迅速にして力強い。

清武ともども面を被《かぶ》り、小手に胴まで着けている。初日の立ち合いこそ無茶をした二人だったが今は安全を重んじて、防具をきちんと用いていた。

「むん！」

「何のっ」

遠間《とおま》から繰り出す突きを躱しざま、小次郎は発止《はっし》と小手を打った。

「うぬっ、一本取りおったか！」

「二本目でございます、若様」

「おや、そうであったかの」

小次郎にすかさず指摘され、清武はとぼけた顔でうそぶいた。

「今日のところはここまでにしてやろう。明日は御城に参らねばならぬ故、そのほうはゆるりと過ごせ」

「かたじけのう存じます」

「念のため申しておくが、勝ち逃げは許さぬぞ」

「ははっ」

折り目正しく頭を下げる小次郎に見送られ、清武は稽古場を後にする。

足音が遠ざかったのを確かめて、小次郎に駆け寄ったのは家来衆。いずれも二十歳を過ぎたばかりの、年若い面々ばかりであった。

「間殿、一手ご指南願えぬか」

「こちらも是非、お頼み申す」

「これ、俺が先だぞ」

「何をっ、割り込むでないわ」

竹刀を交える順番を争って、家来衆は盛んに言い合う。

小次郎が連行された当初は、考えられぬ光景であった。

若い面々が揉めている隙に割り込んだのは、白髪が目立つ壮年の男。

「さぁ間殿、今のうちにお相手くだされ」

「心得ました」

すかさず小次郎は礼を交わして向き合うと、中段の構えを取る。

「村田《むらた》さん、また抜け駆けを！」

「卑怯にござるぞ!!」

「四の五の申すな。そこで大人しゅう、儂の稽古の見取りをしておれ」

慌てて文句を言うのに構わず、村田は竹刀を振りかぶる。

六尺豊かな清武に及ばぬまでも背が高く、腰もまだ曲がっていない。

お国訛《なま》りが無いのは若い朋輩たちと同様、江戸雇いの身であればこそ。国許の派閥にも属する事なく、清武のみに忠義を尽くす子飼いの臣の一人だった。

丸亀の港に入る前の船に乗り込み、速やかに小次郎の身柄を押さえた一隊を率いていたのも、この村田である。

齢《よわい》を重ねていても侮り難い古参の忠臣は、剣の腕も並ではなかった。

「ヤ――――ッ！」

大音声を浴びせざま、打ちかかる動きは気合いと同じく張りがある。

打ち込む竹刀を弾き返し、だっと小次郎は前に出る。

きびきびした足捌きが身に付いている村田は、攻守の切り替えも巧みだった。

突いてくるのを躱しざま、胴を狙う動きは素早い。

「いいぞ、村田さんっ」

「そこだ！　一気に攻めなされ!!」

先程まで文句を言っていたのも忘れ、若い朋輩たちは盛んに声援を送る。

この屋敷は清武が国許に戻った時、好きに使えるように与えられた専用の館《やかた》である。

留守を預かる奉公人は温厚な者ばかりのため、江戸雇いで城下町に馴染みの薄い家来衆も気兼ねなく過ごす事ができていた。

そんな恩恵を受けられるのも、丸亀五万一千石の現藩主である、京極長門守高朗《ながとのかみたかあきら》が清武を溺愛していればこそだった。

京極家では嫡男の高美《たかよし》が四年前に二十八歳の若さで病死し、親族から養子に迎えた朗徹に家督を継がせる事が決まっている。

隠し子の境遇に置かれなければ、清武が次の藩主となるはずだったのだ。

出生が公儀に届け出られずじまいなのは母親が下働きの女中あがりで、正式な側室と認められぬまま亡くなったが故の事。

なればこそ高朗は不憫でならず、今日まで甘やかし続けてきたのである。

だが、行き過ぎた愛情は子供を増長させる事も多い。

清武の場合もそうだった。恵まれた環境を与えられたのが裏目に出て、我が儘放題に育ってしまった。

その清武を更生させ、剣の道に邁進《まいしん》するきっかけを作ったのが間小次郎。

それも無闇に人を傷付ける事なく競い合う、竹刀剣術に開眼させてくれたのだ。

家来衆が小次郎を認め、感謝をし始めたのも、この事実に気付いたが故だった。

若い連中を束ねる村田も今は率先して礼を尽くし、下にも置かずにいる。

だが、清武の成長を促すには、まだ足りない。

若き主君のためにいま一つ、小次郎に首肯してもらわねばならない事があった。


その話を小次郎が持ちかけられたのは稽古を終えて井戸端に立ち、体を拭いている最中の事だった。

「わざと立ち合いに負けよ……左様に言うておられるのですか⁉」

「いえ、そこまで申してはおりませぬ。ただ一度だけ、若が片手突きに自信を持ってくださるように、装うていただきたいのです」

「見損ないましたぞ、村田殿」

小次郎は、失望の念を露わにせずにはいられなかった。

本気で清武の相手をしていればこそ、憤りを覚えてもいた。

「あれほど真剣になっておられる若様を謀《たばか》り、ぬか喜びをさせるは不忠の極み。左様に思われませぬのかっ」

「申し開きの仕様もござらぬ……。したが間殿、そのぬか喜びをしていただくのが若君のために非ず、御正室様の御為と申し上げれば何とされますか」

「御正室と申せば、確か柳河藩から輿入《こしい》れなされし……」

「左様。さち子様にござる」

村田は頷いた。

「丸亀五万一千石の当代の御上……京極長門守様は名君の誉れ高き御方なれど、女色を好まれる事も一方ならず、若の御母堂様が不遇なままで亡くなられし儀は、既に間殿もご存じでありましょう」

縁側に腰を下ろした村田の隣に座り、小次郎は黙って頷き返す。

相手の本音を知るためには、問わず語りに耳を傾けるべきだと判じたのだ。

村田は続けて呟いた。

「若は大石殿に倣い、片手突きを鍛え始めなさるまで大層お悩みになられ申した……それと申すも、御正室を憎み抜いておられるが故なのです」

「憎む相手が柳河藩の姫君だから、ご臣下の大石殿が編み出した一手も気に食わぬということでござるか？」

「それだけお恨みが深いのでござるよ、間殿」

村田は切なげに溜め息を吐く。

「若の御母堂様が不遇な目に遭われたのは、大奥さながらの女の園のくだらぬ嫉妬の為せる業。誰が何をどうしたという訳ではなく、御上臈《ごじょうろう》から端女《はしため》に至るまでの数多《あまた》の妬心《としん》が集まりて奔流となり、御手付きとなられし一人のおなごの幸せを妨げんとした結果にござった。それを若は御正室がお一人で謀られし事と思い込み、未だ憎んで止まずにおられる……畏れながら、愚かと申し上げるしかござるまい」

「……」

「その深き恨みを堪えてまでも、片手突きに磨きをかけてこられたのでござる。間殿に勝ちたいご一念がどれほどのものなのか、お察しくだされい」

「……村田殿」

小次郎は申し出た。

「ご事情は、確かに承《うけたまわ》り申した……したが、わざと負ける事はできませぬ」

「間殿、それでは話になりませぬぞ！」

「最後までお聞きくだされ。あくまで装うだけならば、喜んでお引き受け致そう」

「か、かたじけない」

「もとより芝居に自信はござらぬが、精一杯、努《つと》めさせていただきましょうぞ」

答える小次郎の声に迷いはない。

そうする事で清武の妄執《もうしゅう》が少しでも鎮まるのなら、役に立ちたい。

左様に考え、頼みを引き受けたのだ。

その上で申し出たのは、己自身の願い。

取り引きと呼ぶには慎ましい、しかし小次郎にとっては大事な事だった。

「村田殿、それがしの頼みも聞いてはいただけぬか」

「それはもう、何なりと仰せになられよ」

「されば、金子《きんす》を些かご用意願えぬか」

「金子……にござるか？」

「それがしの甥と姪が文武を学ぶ事ができるように、取り計らってくだされ。手内職に励まずには食っていくのも難しい有り様なれど、せめて幼き者たちに、十分な学びの場を与えてやりたいのでござる……。この通り、お頼み申す」

小次郎は深々と頭を下げた。

会う事を許されぬのなら、せめて援助だけはしてやりたい。自分の如く貧しさ故に道を誤って欲しくないと願えばこその、切なる願いであった。

「お顔を上げてくだされ、間殿」

村田は頼もしい声で答えた。

「貴公の願い、しかと心得申した。これでも御上屋敷に三代前からご奉公しておる身なれば、御国表にも存じ寄りは多うござる故な。入り用な金子《きんす》の工面はもとより、甥御殿と姪御殿に相応しき道場と手習い塾を必ずや、周旋して差し上げましょうぞ」

「かたじけない」

今度は小次郎が礼を言う番だった。

互いに大事な者のために願いを叶えると約した以上、手を抜いてはいられまい。

此度《こたび》はしくじる事の無きように、万全の備えをする所存だった。


「さぁ間《はざま》、今日こそ思い知らせてくれようぞ！」

翌日も清武は闘志を燃やし、稽古場に立った。

応じて、小次郎は前に進み出る。

面鉄越しに告げたのは、更なる闘志を引き出すため。

「慢心なさるのも程々になされませ、若様」

「何だと？」

「このところ突きの冴えが鈍っておられますぞ。ご自慢の一手とばかりお見受けしておりましたが、どうやら見かけ倒しにございましたな」

「おのれ、無礼な！」

「ならば本気を見せてくだされ。ま、如何様にも防いで差し上げますがね」

「こやつ、よくも人を虚仮にしおったな!!」

清武は怒声を張り上げた。

「今日は突きの一手のみで勝負をしてやるわ！　覚悟せい!!」

思惑通りに吠えるや、サッと竹刀を中段に構え直す。

上段から真っ向勝負で打ち込むのを止め、諸手《もろて》突きを仕掛ける積もりだ。

「ヤ――――ッ！」

有らん限りの勢いを込め、放つ気合いが障子紙を震わせた。

「ヤッ、ヤッ、ヤッ」

続けざまに突きかかる竹刀の冴えも、昨日までの立ち合いより鋭かった。

だが、まだ自信を持つには足りていない。

怒りに任せて繰り出す技は、冷静さを欠いている。

力みを取って無念無想の境地に至らなくては、真の冴えは発揮し得まい。

そのためには突きを躱し続けて、疲労困憊《こんぱい》させる必要があった。

むろん、楽な事ではない。

「長丁場になりそうだが……やるしかあるまいよ」

面鉄の下で呟く小次郎からは、お国言葉が消えていた。

家族のために為すべき事を済ませたら、己の修行に迷わず邁進《まいしん》したい。

清武に突きで一本取らせたら、江戸に帰して欲しいと申し出る積もりだった。

安易に勝たせるのではない以上、芝居を打つのも悪い事ではあるまい。

気合いを込めて相手取り、本気を引き出すのだ。

「さぁ若様、じゃんじゃん突いて来られませ！」

「うぬっ……まだ懲りぬか!!」

小次郎の煽りに乗って、清武は尚も突きかかる。

竹刀の握りが諸手から片手に変じたのは疲労が募り、敏捷な動きに付いていけなくなったが故の事だった。

息も荒くなりつつあるが、闘志が燃え盛っている限りは大事ない。

思惑通り、余計な力も抜けてきた。

頃や良しと見て、小次郎は大きく振りかぶった。

がら空きになったところに、唸りを上げて竹刀が迫る。

狙い違《たが》わず、突きは面の喉垂《のどた》れに命中した。

村田が防具と竹刀を揃えた際、念入りに職人に造らせた喉垂れは安全を期するのに欠かせぬ備え。これがあればこそ家来衆も臆せずに、稽古相手ができるのだ。

その喉垂れをも突き破らんばかりの一撃を決め、清武は有頂天《うちょうてん》。

「一本取ったぞ――！　そうだな村田？　相違あるまいな⁉」

「お見事にございましたぞ、若っ」

満面の笑みを浮かべて褒め称えつつ、村田はそっと小次郎に目礼する。

「これでいい……向後《こうご》も大いに腕を磨いてくだされよ、若様……」

羽目板に寄りかかったまま、小次郎は微笑む。

壁際まで吹っ飛びながらも、浮かぶ笑顔は晴れやかだった。

六

マリナー号の事件が落着して一月《ひとつき》が経ち、江戸は梅雨の直中であった。

練兵館の玄関脇の小部屋では、象がお手玉の稽古中。

今や綾回しを自在にこなせるようになっていながら、表情は浮かない。

ぽんぽんお手玉を放りながら、窓の向こうの雨空を見上げている。

表情が一変したのは、訪《おとな》いを入れる声を耳にした刹那の事。

お手玉の笊《ざる》を引っくり返し、駆け出す顔に満面の笑みを浮かべていた。


歓之助は稽古場に立ち、門人たちに稽古を付けている最中だった。

「あにさま、あにさま！」

「何だ象、みだりに入ってはならぬといつも申し聞かせておるだろうが」

ぱたぱた駆け込んできた象を、じろりと見返す視線は鋭い。

可愛い妹といえども、甘やかしては示しが付かない。

更に叱り付けようとした刹那、歓之助は瞠目《どうもく》した。

「間《はざま》……なのか？」

「ご無沙汰をしておりました、若先生」

「こやつ、何処に参っておったのか！」

頭を下げているのに走り寄り、がっと歓之助は肩を摑む。

しばらく会わずにいるうちに、小次郎の四肢は逞しさを増していた。

より強靱になったのは、気性についても言える事。

「余計な事は申しますまい。久方ぶりに、それがしと立ち合うていただけませぬか」

「立ち合いだと？　そんな事より先に、積もる話もあるだろうが⁉」

「いや、物事にはけじめが必要にございます」

「……けじめとな」

「先に韮山に立ち寄りて、お美代に会うて参りました。弥助殿の入れ知恵にございましょうが、着物一枚で事を治めるとは情けなき事……このままではそれがしの一分《いちぶん》が立ちませぬ故、些《いささ》か意趣返しをさせていただきとう存じます」

「……おぬし、本気で言うておるのか」

「はい」

「……相分かった。おぬしがそうしたいと申すのならば、是非もあるまい」

歓之助が勝負を受けたのは、こうなる事も有り得ると予期していればこそだった。

弥助の思惑に乗った以上、今さら逃げるわけにはいくまい。

本気になった小次郎と竹刀を交える機を得た事を、今は喜ぶべきだろう。

「打物は竹刀で構わぬか？」

「はい。ただし、それがしは素面素小手でお願い致しまする」

「若先生が本気を出せば、面も小手も役には立ちますまい。邪魔になるだけですよ」

そんな憎まれ口を叩きながらも、髷からは面擦《めんず》れがはっきりと見て取れた。

五指は以前より太さを増し、肩幅も広くなっている。

姿を見せずにいる間に、よほど修練を積んだのだろう。

それでこそ、立ち合う甲斐もあろうというものだ。

「承知した。されば俺も素面で参ろう」

「小手もお着けになりませぬのか」

「もとよりその積もりだ。おぬしのやり方に合わせよう。むろん、遠慮は無用ぞ」

「かたじけのう存じます」

小次郎は厳《おごそ》かに頭を下げる。

清武の屋敷に滞在している間に家来衆から教えを受け、立ち居振る舞いも以前とは見違えるほど折り目正しくなっていた。


「始めい」

息詰まる雰囲気の中、二人の立ち合いが始まった。

直々《じきじき》に審判を買って出たのは弥九郎。

小次郎が戻ったと知らされ、岡場所に流連《いっづけ》していた利貞と弥助も顔を見せていた。

「あやつ、面構えが変わったのう。左様に思わぬか」

「まことでございますな、先生」

経緯を知らない利貞が呟くのを受け、弥助は頷く。

確かに、小次郎のたたずまいは一変していた。

お美代を寝取られて自棄《やけ》を起こし、堕落する事も有り得るだろうと予期したものの漂わせる雰囲気は穏やかで、以前は皆無であった気品さえ感じさせる。

格段に腕を上げたのも、構えを一目見ただけで察しが付いた。

己を見失った剣客にありがちな、喧嘩や辻斬りを経ての事ではなく、真っ当に稽古を重ねた成果に違いない。

「始まるぞ」

「はい」

二人を含めた一同が見守る中、歓之助は上段の構えを取った。

清武の如く、誘いをかけたわけではない。

神道無念流は策など用いず、真っ向勝負で相手を制する流派。むやみに刀を抜く事を厳しく戒《いまし》める代わりに、道場においては死力を尽くす。

その道統を受け継ぐ弥九郎を父に持つからには、歓之助は流儀の教えを常に体現しなくてはならない立場。

稽古の量そのものも、十分に足りていた。

念願だった小次郎との再戦に備えるべく、江戸に戻ってから一日たりとも休まずに精進してきたのだ。

対する小次郎の構えは八双《はっそう》。

後《のち》の世の剣道では余り見られぬが、刀を取っては攻守のいずれも速やかに応じ得る構えとされている。

歓之助と向き合う表情に、一切の気負いはなかった。

「ヤッ!」

「トォー」

初手の攻防は互角であった。

歓之助の激しい打ち込みを受け止め、ぐんと小次郎は押し返す。

負けじと歓之助も腰を入れ、竹刀を軋《きし》ませて競り合った。

静まり返った稽古場の中、鎬《しのぎ》を削る二人の息だけが荒い。

サッと間合いを切り直すや、今度は小次郎から先に打ち込んだ。

「エイ、エイ、エイ」

太い声で気合いを浴びせつつ、左右から打ち込む竹刀は勢いが乗っている。小手先ではなく足腰の、とりわけ軸となる左半身の力が込められていればこそだった。

小次郎が清武の屋敷に滞在中に磨きをかけたのは、体格の勝る相手に打ち勝つための技ばかりではない。

屋敷内の稽古場で毎日顔を合わせるうちに慣れ親しみ、共に励むようになった家来衆とも竹刀を交える日々の中、基本の体捌《たいさば》きと足捌きを覚え直す事にも力を入れて来たのである。

江戸に戻ってからもやり取りしようと約束した村田との稽古は、とりわけ実になるものであった。

もはや、小次郎に我流の癖など残っていない。

韮山代官屋敷の道場で英龍から手ほどきを受けたのに加えて、清武に仕える老若《ろうにゃく》の士を相手に稽古を重ねた事で、洗練された動きを身に付けていた。

これでこそ、歓之助も待ち続けた甲斐があろうというもの。

お美代を黙らせるために姑息《こそく》な真似をしたのは、もちろん反省すべきだろう。

まずは弥助が先に償うべきだが、自分も後から詫びる積もりである。

だが、今は立ち合いに全力を尽くすのみ。

気後れをして敗《やぶ》れたとあっては、何の意味も有りはしない。

気合いも鋭く、歓之助は打って出る。

「ヤーッ！」

「ヤッ、ヤッ、ヤッ」

袈裟がけの打撃を続けざまに浴びせた上で、繰り出したのは得意の突き。身の軽い小次郎が跳んで躱せば、飛翔したところを速攻で狙う積もりだった。

しかし、小次郎はみだりに動きはしない。

練兵館に初めて乗り込んで来た折とは違って、足がどっしり地に着いていた。

それでいて居着く事なく、左右に跳んで躱す動きは敏捷そのもの。

避けるばかりにとどまらず、思わぬ反撃の一手まで繰り出した。

「む!?」

歓之助が大きく跳び退った。

小次郎が披露したのは、清武との立ち合いで会得した片手突き。

相手の技を盗むのは道場破りをしていた頃からやっていた事だが、此度は共に稽古を重ねる中で真っ当に習い覚え、丸亀城下を離れる頃には体格の差が大きい清武から一本を取れるまでに上達した。

鬼歓の異名を取る歓之助を瞠目させたのも、持ち前の才が修練を積んで磨かれたが故の事なのだ。

一同が見守る中、白熱した立ち合いは打ち続く。

思わぬ反撃を喰らいながらも、歓之助は嬉々としている。

小次郎も目を輝かせ、打突を巧みに織り交ぜながら攻めかかる。

激しく打ち合う一方で、共に心から喜びを感じて止まずにいた。

「あやつら、楽しそうだのう」

利貞が羨まし気に呟いた。

「儂があのぐらいの年の頃には剣を学ぶのが嫌で堪らず、親譲りの才に恵まれたのを幸いにお茶を濁すばかりであったものよ。あやつらと同じ境地に至っておれば、流儀の道統を手放さずに済んでいたかも知れぬの……」

悔恨を込めた呟きに、弥助は答えない。

精悍な顔に表情を浮かべる事なく、それでいて両の目だけは輝かせて、二人の勝負をじっと見守るばかりであった。

七

歓之助と小次郎の立ち合いは、引き分けで幕を閉じた。

「引き続き励むがよかろうぞ、間」

「ありがとうございます。しかと肝《きも》に銘じまする」

講評を述べた弥九郎に折り目正しく一礼し、小次郎は稽古場を後にした。

「待ってくれ」

歓之助が後から追って来る。

「何でござるか、若先生」

「おぬしに伏して詫びねばならぬ事が有るのだ」

「お美代殿の事ならば、どうかお気に病まれますな。先程は無礼を承知で恨み言など申しましたが、もとより若先生に悪気はないのは承知の上です」

「いや、実はな……」

歓之助は迷いながらも、意を決して言い募る。

そこに、すっと弥助が割って入った。

「お二人共、お疲れ様にございました」

「……弥助さん」

小次郎は表情を硬くした。

怒りを納めた積もりでいても、いざ顔を合わせると平静を保つのは難しい。

黙って見返したのに動じる事なく、弥助は言った。

「そのままでは話もできません。お待ちしております故、着替えてください」

「……承知しました。されば、失礼致しまする」

小次郎は一礼し、背中を向けて歩き出す。

弥助が望むのならば、真剣での立ち合いも辞さぬ覚悟だった。


日が暮れる頃には、雨が止んだ。

空が分厚い雲に覆われていても、濡れずに済むのは嬉しいものだ。

小次郎は弥助と連れ立って、九段の坂道を下っていく。

歓之助には念を押し、二人だけにして欲しいと頼んでおいた。

約束を守ってくれたらしく、後を尾《つ》けてくる気配は感じられない。

御濠端《おほりばた》に出たところで、二人は立ち止まる。

ここに来るまで、一言も交わしてはいない。なまじ言い合いをするよりも、鍛えた腕で決着を付けるべきだと思えばこそだった。

「小次郎さん、少々お待ちくださいな」

淡々と告げながら、弥助は抱えて来た袋の口紐を解く。

取り出したのは、二振りの木刀。

「どのみち竹刀では物足りまいと思いましたので、これだけは用意しました」

「……………」

「ご所望とあれば、私は本身でも構いませんよ」

「……できる事なら、避けるべきでござろう」

「そうですね。雨が上がったばかりで人通りが無いといっても、止めに入る物好きが居ては具合が悪い……。されば一振り、お取りください」

柄頭《つかがしら》を向けて差し出す木刀を、小次郎は無言で受け取った。

左腰に携え、間合いを切って対峙する。

清武や歓之助を相手取った時の如く、初手から打ち合うのは禁物だった。

思うところは弥助も同じであるらしい。

「勝負は一合《いちごう》で決めましょう、小次郎さん」

話を持ちかける声に、気負いはなかった。

「相手の打ち込みを止めたら、それで終わり。受け損ねたら、その時はその時ですがね……もちろん遠慮は無用ですよ。私も本気で参ります」

「心得ました」

小次郎は静かに答えた。

慎重に打ち合わせたのは、手の内の錬れた者が振るう木刀は、真剣に劣らぬ威力を発揮し得るが故の事。斬れぬまでも骨を砕き、当たり所が悪ければ、再起不能の重い傷を負わせかねないからである。

そこまでしてやりたいと思う程、小次郎は弥助を恨んでいない。

お美代から好意を寄せられながら応えずにいた事が、あのような次第となった原因なのも、今は分かる。

それでも許し難いのは、弥助が他人の気持ちを弄《もてあそ》ぶからだ。

お美代と小次郎に限った話ではない。

恩師である利貞の事も、弥助は軽んじている節がある。

このままではいけない。

一合のみの勝負をきっちり制し、思い知らせるべきだった。

「………」

「………」

黙ったまま、小次郎と弥助は対峙し続ける。

二人の間を一陣の風が吹き抜けた。

御濠の水面がざわっと波立った瞬間、若者たちは同時に前へ出た。

「エイ」

「ヤッ」

短い気合いに続いて上がったのは、木刀がぶつかり合う打撃音。

「……引き分け、ですか」

「……そのようだな、弥助殿」

合わせた木刀をすっと収め、小次郎は苦笑する。

やはり、弥助の力量は侮れない。

本気を出しても、今は引き分けに持ち込むのが精一杯。

更に腕を磨いた上で、出直そう。

胸の内の想いをひとまず抑え、そう決意する小次郎だった。

八

明くる日は、朝から快晴だった。

「もういっちゃうの、こじろうさん？」

小次郎は韮山に向けて旅立つ事になり、象は未練しきりの様子。

「ねぇねぇ、こんどはいつこれるのー」

「しばらくご無沙汰する事になりましょう」

「えー、やだよー」

「お代官様の御用も溜まっておりますれば、ご容赦くだされ」

まとわりつく象の頭をそっと撫でると、小次郎は向き直る。

「若先生、此度は有難うございました」

「何を申すか、水臭い」

照れ臭そうに、歓之助は微笑み返す。

「腕を磨くは己自身だ。何事も、おぬしの精進の賜物ぞ」

「痛み入ります」

「これからもよしなに頼むぞ、お互いに……な」

「はい」

重ねて頭を下げると、小次郎は背中を向ける。

「こじろうさん、またねー！」

肩越しに聞こえてくる、象の声が可愛らしい。

我が儘なのは相変わらずだが、以前より聞き分けも良くなった。

「さ、戻るぞ」

象を促し、歓之助が稽古場に戻っていく。

見送りに出たのは二人だけ。

斎藤家の他の人々は、それぞれの為すべき事に忙しい。

同門の皆も同様で、今日は弥助も稽古場に立っていた。

小次郎に殊更に構わなくなったのも、身内の一員になったと見なせばこそ。

そんな気遣いに謝しながら、小次郎は品川を目指して歩き出す。

華のお江戸の空は日本晴れ。

梅雨の晴れ間となった今日は、富士の山もよく見える。

「凱風快晴……江戸の土産に、買って参るか」

歩きながら呟いたのは、かの葛飾北斎《かつしかほくさい》の手に成る浮世絵の題。赤富士とも呼ばれる人気の作だ。

韮山に行けば本物を毎朝拝めるが、多色の刷りも鮮やかな浮世絵は値が手頃な上に喜ばれるので好都合。まとめて買うのもいいだろう。

「お美代にも一枚渡してやるか。気に入るかどうかは分からぬが……」

間小次郎、二十歳。

腕は立てども女に疎《うと》い、若者の青春はまだ始まったばかりであった。

時代小説

二見時代小説文庫

不殺《ふさつ》の剣《けん》 神道無念流《しんとうむねんりゅう》 練兵館《れんぺいかん》1

著者 牧《まき》 秀彦《ひでひこ》

発行所 株式会社 二見書房
東京都千代田区三崎町二-一八-一一
電話 〇三-三五一五-二三一一［営業］
〇三-三五一五-二三一三［編集］
振替 〇〇一七〇-四-二六三九

印刷 株式会社 堀内印刷所
製本 株式会社 村上製本所

落丁・乱丁本はお取り替えいたします。
定価は、カバーに表示してあります。

ISBN978-4-576-16099-3
http://www.futami.co.jp/

二見時代小説文庫

牧 秀彦
八丁堀 裏十手1～8
孤高の剣聖 林崎重信1～2
神道無念流 練兵館1

浅黄 斑
無茶の勘兵衛日月録1～17
八丁堀・地蔵橋留書1～2

麻倉 一矢
上様は用心棒1～2
剣客大名 柳生俊平1～3

井川 香四郎
とっくり官兵衛酔夢剣1～3

大久保 智弘
御庭番宰領1～7

沖田 正午
陰聞き屋 十兵衛1～5
殿さま商売人1～4
北町影同心1～2

風野 真知雄
大江戸定年組1～7

喜安 幸夫
はぐれ同心 闇裁き1～12
見倒屋鬼助 事件控1～6

倉阪 鬼一郎
小料理のどか屋 人情帖1～17

小杉 健治
栄次郎江戸暦1～15

佐々木 裕一
公家武者 松平信平1～13

高城 実枝子
浮世小路 父娘捕物帖1～2

早見 俊
目安番こって牛征史郎1～5
居眠り同心 影御用1～19

幡 大介
天下御免の信十郎1～9
大江戸三男事件帖1～5

花家 圭太郎
口入れ屋 人道楽帖1～3

聖 龍人
夜逃げ若殿 捕物噺1～16
火の玉同心 極楽始末1

氷月 葵
公事宿 裏始末1～5
婿殿は山同心1～3
御庭番の二代目1

藤 水名子
女剣士 美涼1～2
与力・仏の重蔵1～5
旗本三兄弟 事件帖1～3

森 真沙子
日本橋物語1～10
箱館奉行所始末1～5

森 詠
忘れ草秘剣帖1～4
剣客相談人1～16